お狐様の異類婚姻譚
okitsunesama no
iruikonintan
the 2nd piece
元旦那様に誘拐
されるところです

お狐様の異類婚姻譚

元旦那様に誘拐されるところです

糸森環

T A M A K I　I T O M O R I

一迅社文庫アイリス

CONTENTS

白月
八尾の白狐の大妖で、雪緒の元夫。人型時は白髪金目の美丈夫の姿。紅椿ヶ里の長で、郷全体の頭領である御館の地位にある。一見穏やかそうだが、本性は怪らしく苛烈で残酷。
雪緒
幼い頃に神隠しにあい、もののけたちが暮らす世界で薬屋をしている少女。黒髪黒目。素直な性格でのんびりしている。人間の世界にいた当時の記憶はほとんどない。
お狐様の異類婚姻譚
元旦那様に誘拐されるところです

沙霧（さぎり）

神と人の間に生まれた、半神の木霊。雪色の長髪の麗しい青年の姿をしている。人間には好意を持っているが、怪のことは嫌悪している。白月のことは理性崩壊レベルで嫌い。

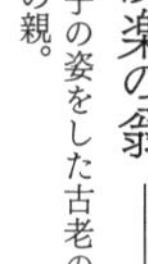

設楽の翁（しだらのおきな）

童子の姿をした古老の怪。雪緒の育ての親。

宵丸（よいまる）

大妖の黒獅子。人型時は目元の涼しい文士のような美男子だが、手のつけられない暴れ者として悪名高い。白月との離縁後、雪緒に絡んでくることが多くなった。

鈴音（すずね）

白月の妹。白月に恋慕している。

天昇［てんしょう］
怪が地上での死ののち、天界に生まれ変わること。怪としての格が上がる。

十六夜郷［いざよいごう］
七つの里にひとつの鬼里、四つの大山を抱える地。

紅椿ヶ里［あかつばきがさと］
十六夜郷の東に位置する、豊かな自然に囲まれた里。

白桜ヶ里［しろざくらがさと］
十六夜郷の南東に位置する里。

御館［みたち］
郷全体の頭領のこと。それぞれの里には長が置かれている。

耶陀羅神［やだらのかみ］
怪が気を淀ませ変化した、邪の神。自我がなく、穢れをまとう化け物。

悪鬼［あっき］
他者を害することにためらいがなく、災いをもたらす存在。

イラストレーション◆凪かすみ

◎壱・参りゃんせ参りゃんせ、此は常世の復つ路か

「――白月様が行方不明に？」

雪緒は耳を疑った。


五月。

雨月、または月不見月とも呼ばれる初夏の季節である。

雪緒が暮らすこの紅椿ヶ里ではもっぱら「しとしとづき」と呼ばれている。長雨の到来を示す月だ。

本格的な雨季の訪れは少し先の話になるが、今日はその呼称通りに曇天の模様。雪緒が営む薬屋――〈くすりや〉の庭に咲く可憐な躑躅や芍薬を小雨がしっとりと濡らしている。

薄暗い空の下でも鮮やかに咲き誇る花々を見るともなしに眺めたのち、雪緒は隣であぐらをかく男へ視線をずらした。

「いまの話は本当ですか？　白月様が……」

「嘘じゃないさ。あのいかさま狐野郎な、どこをほっつき歩いているのか、もう七日ばかり行方が知れぬ」

などと、案じる様子もなくあっさり肯定した口悪なこの男を、宵丸という。

見た目は書生か文士かというような思慮深さのうかがえる目元の涼しい美男で、年の頃は二十二、三か。墨を薄めたような灰色の瞳に、青みを帯びたつややかな黒髪。紗の羽織りと単も黒で揃えられており、白い肌が女のように色っぽく浮き上がる。荒々しさとは無縁の静かな佇まい——に見える。

しかしこの、いかにもおとなしげな容貌に騙されてはいけない。

彼の正体は大妖の黒獅子である。

性はまことに自由奔放そのもの、鬼に獣に邪たる者にと血腥い狩りをたいそう好む。野蛮ここに極まれりといった調子で、里では手のつけられない暴れ者として悪名を馳せているのだ。

(そんなおそろしい黒獅子になぜか懐かれてしまったような)

気がつけば、見た目詐欺の荒くれ獅子と茶飲み友達のようなほのぼのした関係が築かれつつある。いまもこうして見世の縁側に座り、茶を振る舞っているし。夕餉の後に勝手に泊まっていくこともある。

決して厭うているわけではないが、これでも雪緒は花盛りの年頃の娘だ。一人暮らしの屋敷にこんないい男をほいほいと泊めるなど、あまりほめられた話ではないだろう。

「なんだ？　俺の話を信じないのか？」

宵丸がちょっと心外というように眉を上げる。

「化かし合いが信条の白月じゃあるまいし、俺はつまらぬ嘘などつかないぞ。素直に俺を信じろよ。おまえが泣くようなはめにはならぬから」

……平然と格好いいことを言っちゃって。

「疑ったわけではないのですが」

受け入れるのも難しい話なのだ。だってあの白月が？

「白月様が行方不明になった原因はわかっているんでしょうか。自分の意思で姿をくらましたわけじゃなくて、まさか誰(だれ)かに攫(さら)われたとか？」

早口で問う雪緒を視線で軽くいなすと、宵丸はほわりと湯気の立つ明日葉(あしたば)茶を一口飲んで顔をしかめた。

「この茶は苦手だな……、まずい」

「明日葉茶には血の巡りをよくし、きれいにしてくれる効果があるんですよ。疲労回復に増血作用も期待できる優れた茶葉です」

「優れていようが、味に癖がある」

「宵丸さん、このところ狩りに行く回数が増えているでしょう。なのに面倒がって禊(みそぎ)をしっかり行っていませんね。穢(けが)れが重なって気が滞る前に、ちゃんと清めておかないと」

「舌に青臭さが残る……」

「よく効く薬茶とはそういうものです」

「客がまずいと感じる味をどうにか改善するのが、薬屋の仕事だろ？　俺好みに甘くしてくれなきゃだめじゃないか」

子どものような反論に、雪緒は小さく笑う。

宵丸は雪緒のことを「薬屋」と呼ぶ。屋号もそのまま〈くすりや〉である。店名が示すように、人と妖が共存するこのおかしあやしの奥深い山里で、雪緒は薬を売って生計を立てている。

「あとで柚の蜂蜜漬けを持ってきますので、機嫌を直して飲んでください。……それで、白月様の行方不明の理由って？」

しばしば話を脱線させる宵丸につき合っていたら日が暮れる。雪緒はふたたび問いかけた。

「んんー、まず」と呻いて一息に明日葉茶を飲み干すと、宵丸は着物が皺になるのもかまわずにごろりとそこへ仰向けに寝転がった。眠たげな顔をしている。

「宵丸さんってば」

「うん、白月な。あの狐野郎は一応、我らの上に立つ御館じゃないか。その役目を果たすために隣の白桜ヶ里へ向かった。で、消えた」

端的すぎる宵丸の説明に、雪緒は呆気に取られる。

(そんなとんでもない話をあっけらかんと)

話の中心になっている「白月」とは、紅椿ヶ里を含む十六夜郷のいわば頭領のことだ。

十六夜郷は、一国に等しい。七つの里にひとつの鬼里、四つの大山を抱えている。

雪緒たちの紅椿ヶ里は約二百五十戸の規模だから、五千前後の者がこの地で暮らしていることになる。ほかの里と比べるとずいぶん控えめな戸数と言える。

「消えた、って……」

「俺もあいつがどんな状態かは知らない」

雪緒は戸惑いながらも、白月の姿を脳裏に描いた。

彼も宵丸同様、人ではない。化生(けしょう)の身である。

白い毛並みの、力あふれる八尾のお狐様だ。

妖姿のときは雪緒好みのもふもふだが、人姿のときもまた色気があって美しい。背丈は雪緒と並ぶと頭ひとつぶんも違う。頬(ほお)にかかる程度の長さの髪は絹糸のように真白で、瞳はけだものらしく、透き通った冷たい月の色をしている。

見た目の年齢は宵丸とさして変わらぬものの、実際は白月のほうがずっと上なのだとか。

八尾の大妖、さらには里長をも兼任する御館様という立場ゆえに当然畏怖(いふ)されるべき存在なのだが、並外れた容姿のよさのおかげか、若い妖からはきゃあきゃあと陰で騒がれたりもする。

単なる人の子にすぎない雪緒にとって、御館の白月はまさしく雲上人である。

人の世の基準と照らし合わせると、白月は将軍様でこちらは名もなき村娘の一人、といったあたりか。

種族も生き方も、なにもかもが違う二人だ。本来なら接点などあるはずがない。が――。

なにを隠そう白月は、雪緒の元旦那という肩書きを持っている。

もっと言うなら離縁してまだ一年も経っていないのに、ふたたび求婚されている。

白月が復縁を望むのは、失われた愛が再熱したため……なんていう甘い理由ではない。残念ながらそんなかわいい性情の男ではないのだ。

「……宵丸さん、白月様が行方知れずになるまでの経緯を詳しく教えてください」

雪緒は複雑な気持ちにひとまず蓋をして頼みこむ。

「詳しくもなにもたったいま、白桜ヶ里へ向かったと説明したばかりだぞ。まさかおまえ、桜月の出来事を忘れたわけじゃないだろうな？」

宵丸が疑わしげに雪緒を見やる。

「白月の妹の煤目だか薄だかという派手な牝狐が、やつ恋しさに元妻のおまえを攫って鬼の餌にしようとしただろうが」

「わ、忘れていませんよ、当事者ですし。――あと、白月様の妹狐の名は煤目でも薄でもないです、鈴音です」

鈴音の姿を思い出し、雪緒は胸が苦しくなった。自信家で傲慢という、怪らしい性質を持った美しい女。長い銀髪に狐耳。白月を女性に変えたら鈴音のような姿になるに違いない。

「おまえはあいつに激しく妬まれていたものなあ。牝狐にしてみれば、長年恋い慕っていた白月をいきなり横からかっ攫われたようなものか」

「奪ったわけじゃなくて見合い結婚です。私自身も、養い親だった設楽の翁から、ある日いきなり白月様とのお見合いの話を聞かされたんですよ」

「翁な。あれは無事に天昇したようだな」

「……はい」

うなずきつつも雪緒はしょげた。自分に実の親はいない。生死も定かではない。

雪緒は幼い頃に「設楽の翁」という怪に拾われた。しかしその翁もすでに天昇をすませ、紅椿ヶ里を去っている。

天昇とは即ち転生のことである。怪や妖は一度老いて果てたのち、神仙の住む天界に生まれ変わる。

人の世にも輪廻転生の理が存在するけれど、それと怪の天昇との大きな違いは、人格を引き継げるか……これまでの記憶を継承できるか否かという点ではないだろうか。記憶こそが個を個たらしめる。心の形と言い換えてもいい。

どうであれ、人間の雪緒の目線で言うなら天昇とは実質的な死別をもたらすものにほかならない。二度と会えない可能性のほうが断然高いのだ。

しかし怪たちにとってはおのれの格が上がることにつながるため、そう悲観したりおそれたりするようなものではないらしい。

（寂しさが身にしみる……）

設楽の翁が去り、白月とも離縁して、雪緒は一人になった。翁がこの見世を残してくれたので生活には困らないが、やはり頼れる者がそばにいないという心細さは拭い切れない。

つい物思いに沈む雪緒の姿になにを思ったのか、仰向けに寝転んでいた宵丸が今度はごろりと横向きの体勢を取る。

なにかを訴えるような宵丸の視線を感じて、雪緒は渋々そちらへ顔を向ける。すると彼は存外、真剣な表情を浮かべていた。

「白月との見合いなど、はじめから断ればよかったものを」

「断れる状況ではありませんでした」

雪緒は微笑を浮かべる。本来なら接点などないはずの白月は、かつて迷子の自分を保護してくれた恩ある相手でもあった。それに——由々しきことに初恋相手でもある。

「あんな冷酷狐野郎と添い遂げるなんて、薬屋はまったく物好きだよな。薄が勝手におまえと白月の縁を切って追い出したというのに、あいつったら迎えに来るどころかしばらく放置していたじゃないか」

「……薄じゃなくて鈴音です」

「そのくせ今頃復縁を迫っている。おまえ、言いたかないが、確実に誑かされているぞ」

はっきり指摘され、雪緒は内心呻く。都合のいい手駒のひとつくらいにしか白月に思われていないことは、じゅうぶんすぎるほどに理解しているのだ。雪緒との婚姻が、おそらく彼にとってはなにがしかの利につながるのだろう。

——と、容易にそんな虚しい想像ができるので、白月との再婚を受け入れられないでいるわけだが。

(なのに潔く初恋を手放せない自分が憎らしい!)

我ながらこじらせすぎではないか。

知らず眉間に皺を寄せた雪緒を見て、宵丸も似たような顔をする。

「白月のなにがいいんだ?」

「……もう理屈ではない、踏破したくなる心境かもしれず」

いや、これはなにか違うか。

「理屈でないなら、本能か」

「本能……なんでしょうか?」

「俺に聞いてどうする」

宵丸が嫌そうに吐き捨てる。

「白月は必要とあれば、おのれの血族すらも平気で嬲り殺す野郎だぞ。実際、薬屋を守るためにあいつはその薄とやらをぶち殺しただろ。それに迷惑な話だが、薄のやつだって白月に手を下される前に隣の里を乗っ取り、長までぶっ殺しているじゃないか。狐一族、極悪だ」

「薄じゃなくて鈴音です。——鈴音様は白月様の隣に立つ日を夢見て白桜ヶ里を奪ったんですよね……」

桜月に起きた騒動のあれこれが脳裏に蘇り、雪緒は憂鬱になった。

(怪ってとことん過激というか、野蛮であることを厭わないというか)

むしろ自分の非道っぷりを誇っている節がある。鈴音と対話した際に雪緒はそんな印象を受けた。

だが、隣里を手中におさめても白月が彼女に靡くことはなかった。拒絶を知った鈴音は気を淀ませ、祟るもの、邪の神たる「耶陀羅神」へと変じてしまった。なんの罪もない白桜ヶ里の民の命を道連れにしてだ。巻きこまれた民の無念は推して知るべしである。

怪たちは総じて残忍さを隠し持つが、里で共同生活を送っている以上、欲のままに振る舞うことは許されない。最低限の法は必要になる。——と言いながらも、やはり最後にものをいうのはそれぞれの強さだろう。無駄死にしたくないのなら強者であるべし、という非情な考えが当然のように怪たちの中に浸透している。

(穏やかな怪もたくさんいるんだけどね)

そこまで思いを巡らせて、雪緒はふと気づく。

「あ、そうか。白月様が白桜ヶ里に向かわれたのは浄化のためですね。鈴音様に殺された民の恨みと怒りが、白桜ヶ里の気を濁らせたと」

宵丸がうなずき、今度はうつ伏せになってだらしなく頬杖をつく。この獅子、くつろぎきっている。たぶん雪緒の見世を自分の屋敷扱いしている。

「ま、当然だろう。牝狐の身勝手な愛執の念が他者の命を踏みにじったんだ。そりゃ恨みも怒りも充満するさ。里ひとつが滅亡の危機に陥ったっておかしくない」

「……白桜はそんなにひどい状況ですか」

「ひどいとも。大妖でなくては里に蔓延(まんえん)する濃密な怨念(おんねん)に競り負けて、取りこまれてしまうほどだ」

思った以上に深刻な状態だ。

なるほど、それで御館の白月自ら里の様子を確認しに行ったと。

その結果、行方知れずになった——。

「ちょっと待って宵丸さん。それってすごく危うい状況なんじゃないですか?」

こんなふうに世間話のひとつとしてすませられるような軽い内容ではない気がする。

「……」

「宵丸さん!?」

この黒獅子ったら面倒そうに目を逸(そ)らした!

「ど、どうなっているんですか、白桜ヶ里の現在の状態って」

「皆、なぜか口を揃えてそれを俺に聞くんだよな。鬱陶(うっとう)しい……。俺に白月の尻拭(しりぬぐ)いをさせるつもりなのか」

「責任を押しつけようとしているわけじゃないと思いますよ」

べそりと気怠げに寝そべっている宵丸の身体を両手で揺さぶり、雪緒は反応をうかがう。

「宵丸さんが力ある大妖だからです。誰よりも強いあなたなら、里を揺るがすような難儀な問題もきっとなんとかしてくれるんじゃないかと皆、期待しているんですよ」

「なんとかって？」

「消えた白月様を見つけ出してくれるんじゃないか、とか。ついでに白桜ヶ里の崩壊も防いでくれるんじゃないか、とか」

「俺は御館でも白桜ヶ里の長でもないし、そもそも白月の野郎なんか捜したくないし」

「でも白桜ヶ里の様子は気になるでしょう？」

「べつにー」

乗ってくれない宵丸に、雪緒は困惑した。

「薬屋は前に鵺男を助けただろ？」

「由良さんのことですか？」

「そう。煤目のやつが殺した白桜ヶ里の長の子さ。そいつが白桜の新たな長になるだろうと言われている。だったらあいつに捜索させればいいじゃないか」

由良とは雪緒も面識がある。というより鈴音の件で、雪緒は彼に一度、見世から勾引されている。が、実際話してみると彼は若竹のように爽やかな、気持ちのいい男だった。確かいまは潔斎中で身動きが取れないはずだ。

「……ほ、ほら！　白桜ヶ里が恨みつらみの瘴気で黒く染まっているのでしたら、宵丸さんの大好きな狩りが、し放題じゃないですか！」

「それは少し惹かれるけれど」

惹かれるのか、そこには。

「だがなぁ、俺は薬屋の護衛をしているんだぞ。おまえのそばを長く離れるわけにはいかんだろ」

真面目な顔で言われ、雪緒はついときめきかけた。

「俺はちゃんと、おまえを守れているだろう？」

「え、は、はあ。はい。お世話になっています……」

この黒獅子はぬらりくらりとしていながらも、ふいうちでどきっとするような発言を落としてくれる。

(怪って、残忍だし粗野な振る舞いも多いけれど、それだけじゃないんだよなあ)

こわさを上回る強烈な魅力がある。それを見せつけられたら平凡な人の子などひとたまりもない。

内心の動揺を知られぬよう、雪緒は表情を引きしめた。

「その、前に宵丸さんと行動していたときに私が攫われてしまったから、いまも護衛を継続してくれているんですよね」

「まあな」

「ですけどもうこの里で私に手を出そうとする無謀な怪はいないんじゃないでしょうか」

「ばかだなあ。薬屋は注目の的だぞ？」

「えっ？」

「言っておくが、設楽の翁がおまえを引き取ってから、ずっとだ」

「や、やですね、からかわないでください。そんなおそろしい話、信じません」

「俺はつまらん嘘をつかぬと言ったのにまだしつこく疑うか。こいつめ」

思いがけない言葉を聞かされて、雪緒は引いた。

「薬屋は離縁したのちも白月にかまわれまくっているだろ。俺だっておまえに懐いている」

「はい!?」

「知ってるか？　下里の盤屋ではな、俺と白月のどちらに薬屋が靡くか、連日賭けをしているそうだぞ」

盤屋とは札や独楽などを使った賭け事を楽しむ見世だ。

「半分は宵丸さんのせいじゃないですか！　……な、懐いているとか、自分で言ってるし！」

「なんだ、俺が懐いてそんなに嬉しいか？　人の子はちょっと優しくすると、すーぐつけあがりやがる」

「口が悪い！」

あはは、と宵丸が明るく笑って身を起こし、嫌がる雪緒ににじり寄ってわざわざ顔をのぞきこんできた。

「薬屋だって、こんなに俺に懐いている」

「誤解を招く言い方をしないでください」

「なんでごまかす？　悪事を働いているわけじゃないんだから、いいだろ」

ここで「はい、そうですね」などと認めたら、おもしろがった宵丸に妙な作り話を広められそうだ。

「ま、おまえの懸念ももっともだ。白桜ヶ里はそこそこまずい状態だな。なんの対策もせずにこのまま放置し続ければ、いずれこちらの里にも影響が生じ始める。しかし俺は、薬屋の護衛だ。動かんぞ」

「私のことはいったん忘れて白桜ヶ里へぜひ！」

「嫌だ、おまえと離れたくない」

宵丸がわざとらしく切なげな表情を作り、雪緒に顔を寄せた。なにか企んでいるとわかっていても、清涼感のある整った顔立ちを間近で見つめてしまうと、うっと息が詰まる。

「でもおまえは、俺に白桜へ調べに行ってほしいんだな？」

気がつけば手も握られ、雪緒は狼狽した。

「え、ええ、そう……そうですね」

「よし、よし。わかった。そこまで望むのなら叶えてやろう」

「行ってくれるんですか？」

「うん、行こう」

「……いってらっしゃいませ」

雪緒は本気で警戒した。おかしい、うまくいきすぎる。嫌な予感しかしない。

「楽しみだな、狩り」

「そうですか」

「おまえも楽しませてやるからな」

宵丸は妖しく笑うと、雪緒の手を握ったまま身軽な動きですっと立ち上がった。

「……私も？」

「むろんだぞ。楽しいことは仲良く分かち合わねば」

「は――」

この胡散臭い笑顔は間違いない、雪緒を道連れにする気だ。

宵丸の目論みに気づき、雪緒は青ざめた。だが逃げたくとも、宵丸にがっちりと手を握られてしまっている。

「お気遣いなく!!　私は絶対、行きませんからね！　手を離してくださいね！」

「ははっ、ひょっとしたら白桜ヶ里に白月の死骸(しがい)が転がっているかもしれないぞ、蹴(け)り飛ばしてやりたい」

「不吉な予言はやめてください！　なんと言われようとも私は同行しません！」

「薬屋を連れていけば護衛もできるし狩りも楽しめるし、一石二鳥じゃないか」

「絶対に！　行きませんってば!!」

雪緒は必死に抵抗した。

……しかし、単なる人の子が、大妖の黒獅子にかなうはずもない。こちらを見つめる灰色の瞳は、はっきりと「抵抗するだけ無駄」と語っていた。

❁

雪緒が最後に白月と会ったのは、十日ばかり前のことである。

ちょうど菖蒲祭(しょうぶさい)――人の世では端午の節句とも呼ばれる五月の行事――の当日ということもあって、そのとき白月は立派な装束に身を包んでいた。花鳥の文様が施された紫の大袖(おおそで)に緑の布帯。薄緑の袴(はかま)には金の玉と房を連ねた佩(お)び物を垂らしている。足元には革のはきもの。髪の先に結わえた青紫の鳥の羽根が美しい。腰には月を溶かしたような黄金の太刀を差しこんでいる。背には弓もかけていた。

上衣の裾からは長く太い尾が飛び出しており、ふさふさと軽く揺れている。頭の上には狐耳。髪と同じ色だ。

武神のように勇ましく、地に降り立った神仙のように優美なお狐様の姿に目を奪われていると、彼に小さく笑われた。

「俺はな、雪緒。取り繕うことも忘れて俺に見惚れてくれる素直なおまえ様がかわいいと思うぞ」

恥ずかしいことを真正面から指摘され、雪緒は顔が熱くなった。

「わかりやすくうっとりしてくれるのに、なぜ求婚を受け入れないのかな?」

心底ふしぎだという眼差しで白月がぼやく。

自分の胸に聞いてほしい、と雪緒は心の中でだけ答え、真面目な表情を作った。

「……今日は菖蒲祭です。祭りの主役である御館様がこんなところに来ていいんですか?」

高鳴る鼓動をごまかそうと、ついかわいくない発言をしてしまい、雪緒はひそかに悔やんだ。

しかし実際、今日の白月は誰よりも忙しいはずだ。雪緒の見世がある下里でゆっくり休憩する時間などないのでは、と心配になる。

「菖蒲祭だからこちらまで足を運んだんだ。おまえ様のために、この白月がせいぜい太刀舞を踊ってやろう」

白月が首を傾げて品よく微笑む。だが、細められた金色の目にはいかにも力ある大妖らしい野蛮な光が見え隠れしている。

「……私のために？」

「そう。雪緒のためにだ。喜べよ」

甘い言葉に、雪緒はまた頬がほてるのを感じた。

菖蒲祭といっても、雪緒の記憶にうっすらとある端午の節句とではまるで内容が違う。

なにしろこちらでは年中、道々や見世の脇、屋根の上などに鯉のぼりが飾られている。というより十六夜郷では、黒、赤、青と、鱗の色も鮮やかな、鯉のぼりめいた巨大な魚が絶えず悠々と宙を泳いでいる。これらは皆、精霊の一種なのだという。

屋敷すら飲みこんでしまいそうなほど体長がある鯉もいて、上空を通ると大きな影を地に落とすことも。これを菖蒲魚と呼ぶ。銀の鰻や海老、蟹なんかも空を渡ることがある。

ちなみに地表付近には、もくもくとした綿のような五色の瑞雲——舟雲が流れてくる。時折その上に風神や雷神が乗っていたり、草花が咲いていたりすることもある。

これらのふかしぎな景色を目にするたび、雪緒は「浮世絵のような世界だ」と感じ入ってしまう。自分でも謎だが、そういう意味不明な言葉が頭をよぎるのだ。

「また俺に見惚れているか？」

「ち、違います！　今日は空もよく晴れていて、舟雲の数も多いなと感じていただけです」

「祭りの日だし、俺も調子がよいからな。妖力が大気にうまく巡っているんだろう」

白月は八尾を持つ狐の大妖だが、いまは一尾のみ。

ほかの七尾は、七つの里を維持するために祀られている。

「しかし俺がいるから、菖蒲魚の数も多いんだよな」

白月が困ったように笑う。

十六夜郷の頭領たる白月が暮らしているために、紅椿ヶ里はとくに幻想的な瑞雲や精霊の出没が多いのだ。基本的にこれらの精霊群は無害だが、場合によっては深刻な災いを引き起こす。

たとえば宙を泳ぐもの……菖蒲魚。鯉のぼりに酷似したこの魚は晩春から初夏にかけて産卵期を迎える。この期の鯉たちがぷっくりと肥えているのもそれが原因だったりする。

ぼやぼやしていると、真夏を迎える頃には空が真っ暗になるほど魚の数が増えてしまう。

そこで、菖蒲祭である。

太刀を持った男の怪が、肥えた菖蒲魚を狩る。

そういう祭りなのだ。

これだけだと荒っぽく残忍な祭りに聞こえるが、そこらの水辺で川魚を捕らえるのとはわけが違う。さばいた菖蒲魚の腹には、卵ではなく、瑞々しい花菖蒲がみちっと詰まっている。

本来、地に咲く花菖蒲は薬草にならない。薬に使えるのは、同名だが別種の多年草である菖蒲だ。しかしこの魚からとれる花菖蒲に限っては、霊力を多分に含んでいるため貴重な薬草になる。

「薬屋の雪緒にとって菖蒲祭はなにより重要な行事だろ？」

「はい」

その言葉には抗わずにうなずく。

「そうだろうな。確か前に、設楽の翁もよく花菖蒲をほしがっていた」

やはりなあ、と得心する白月に、雪緒は曖昧な微笑を向ける。

（どちらかといえば、そのまま薬草として使用するより、秘術に必要なんだけれども）

雪緒は煙管をもって特殊な秘術をあやつる。どんな術かというと、薬草やら魚やらを煙管の煙で生み出すのだ。この秘術には楮の札を用いるのだが、そこで菖蒲の汁が必要になる。

「いままでは設楽の翁が太刀を振るって鯉を狩ってくれたんです」

だが頼みの翁はすでに天昇を果たし、ここにいない。

今年からは雪緒一人で祭りに備えなければならないと、そう覚悟していたのだ。

「菖蒲祭は男の行事と定められている。女のおまえ様が太刀を振るってはいけない」

「はい、宵丸さんに狩りを依頼しようかと思っていて――」

さっそくその宵丸を捜そうと見世の縁側から庭に下りたとき、ちょうどこちらへやってきた白月とこうして鉢合わせしたのである。

「こら」

白月が目を尖らせる。狐耳も威嚇するようにぎゅーんと前のめりだ。

「なぜそこで真っ先に宵丸を頼る？　俺があの向こう見ずな獅子に劣るというのか？」

「いえ！　宵丸さんは狩りがお好きなので、太刀舞も喜んで引き受けてくれそうだなと思っただけで」

　太刀舞とは、精霊の狩りを意味する。

「雪緒……、まさかおまえ様、俺を嫉妬（しっと）させるためにあえて宵丸を頼り、愛想を振りまくつもりなのか……？　憎い」

「そんなことしません」

　正直なところ、白月が今日こっちに来てくれるとは微塵（みじん）も思っていなかったため驚いている。

「じゃあ俺を頼れ。それともなにか、不服があるのか？」

「あ、ありません……」

　いまの雪緒には願ってもない申し出だが、もしかしなくとも彼は忙しい身の上だ。

なおかつ元夫という微妙な立場の相手でもある。

　差し出された厚意を素直に受け取っていいものか悩んでいると、白月が尾をゆらゆらさせて雪緒との距離を詰めた。筋骨隆々としているわけではないが、白月は体格もよく、雪緒と頭ひとつぶんも背丈が違う。威圧する気ではないだろうとわかっていても、正面から見下ろされるとつい怯（ひる）みそうになる。

「雪緒がここで『旦那様大好きー、雪緒のために狩ってきてー』と甘えてくれたら、俺は俄然（がぜん）

はりきるんだけれどなあ。そういう罪のない色仕掛けは嫌いじゃないぞ」

どこからそんなかわいらしい声を出した。

この狐様、あざとい。

「すみません、ちょっと無理です」

雪緒は光を消した目で白月を見つめた。意外と遊び心がある大妖だ。

「俺は言ってほしいなあ、おまえ様に愛らしくせがまれたいなあ」

狐耳をぺたーと倒し、首を傾け、尾を無邪気に揺らめかせている。

自分の魅力をたいへんよくわかっていらっしゃる。

「百でも二百でも、乞われるままに菖蒲魚を狩ってやるぞ」

白月は誘うように指先で唇を押さえ、笑う。つやめいた視線に鼓動を乱される。

(本音を言えばぜひお願いしたい)

大漁というほど菖蒲魚を捕獲できれば、来年のぶんも札を作成できる。薬師という仕事柄、花菖蒲の入手は死活問題だ。その先の生活を思えば、一時の羞恥心がなんだというのか。

(……い、言ってみるか!?)

意気込みながらも雪緒はやはり怖じ気づく。たとえ軽口の範疇であろうと白月に「好き」と告げることは難しい。

なぜなら雪緒は初恋を引きずっている。

まだ白月のことが好きだ。
復縁を拒否し続ける理由は、白月の示す愛情が一貫して欲と打算にまみれているためである。
結婚には少なからず利害がからむものだが、白月の場合はそのあたりが突き抜けすぎている。
そこに純粋な想(おも)いがわずかなりともあったなら、雪緒もこうまで頑(かたく)なにはなっていなかったろう。

ぐっと呼吸をとめて固まる雪緒から目を逸らさずに、白月が笑みを深める。
雪緒の葛藤(かっとう)などお見通しという冷ややかで意地悪な目つきだ。しかし、なにを催促するでもなく悠然と腕を組んでいる。

(私に言わせるまで動かない気だ！)

雪緒はもっふりしている彼の尾を睨(にら)みつけつつ観念して口を開いた。

「白月様……、お願いします」

ぼそぼそと小声で頼むのが精一杯。だがそれで許してくれるような優しいお狐様じゃない。
相手が恥ずかしがっていたらもっと辱(はずかし)めてやろうと企むひどい大妖なのだ。

「なにを?」

「ご協力をお願いしたいと思い……」

にやにやと顔をのぞきこまれ、雪緒は羞恥に震えた。

「聞こえないぞ、雪緒」

いつの間にか白月はたやすく抱擁できそうなほどの距離にまで近づいている。長い尾の先端で、つんつんとからかうように雪緒の腕をつつく。

「だから、なにを？　うつむかないで、俺を見てはっきりと言ってくれ」

「太刀舞を、ぜひ」

「目を逸らすなよ。ほら、ほら。なんだって？」

「……お願いします！　私のために！　千も二千も狩ってきてください。大妖様のすごさを見せてくださいよ！」

やけになって強欲発言をすると白月は途端にご機嫌な顔になり、声を上げて明るく笑った。

「いまのはまったくかわいい声じゃないし微塵も甘えていないが、それでも嬉しくなるなんて俺はお手軽な妖だなあ」

お手軽という言葉の意味を調べ直してみてほしい。白月ほど難解な妖はいない。

「しかし雪緒、そんなにたくさん狩れと。やあ、これは大仕事だ」

「そうですよ！」

「でも、やろうか」

白月は気負うことなく宣言すると、雪緒の手を引き、歩き出した。

「本当に忙しいようでしたら無理はしないでくださいね。白桜ヶ里もまだ荒れたままなんですよね？」

桜月に起きた鈴音との一戦後、しばらくのあいだ上里のお屋城はてんやわんやの状態となったはず。長も兼任中の白月などは、里のお清めに奔走するはめになり寝る暇もないくらい多忙だったのではないか。

「うん、まあ、しかし忙しないのはいつものことだ」

詳細を明かす気はないのか、白月は当たり障りのない返事でやんわりと雪緒の問いを遠ざけた。……本気で心配したのに、すっと身を引かれた気がする。が、一箇の民にはおいそれと話せぬこともあるだろう。そう雪緒は納得し、引き下がった。

「せっかくだから盛り場のほうへ行って狩ろうな。賑やかなほうが楽しいだろう？」

白月が空気を変えるようにふさりと尾を振り、提案する。

「はい、いいですね」

歓楽街のある一角を盛り場と呼ぶ。そちらには米屋に煙管屋、水飴屋、豆腐屋などの暮らしに不可欠な見世が並んでいる。

大雑把に説明すると、紅椿ヶ里は上里と下里にわけられている。長の住まいであり役場ともなるお屋城は上里に設けられ、民家や盛り場は下里に集中している。雪緒の見世の〈くすりや〉はその盛り場の西端にある。民家の並ぶ区画から多少離れているのは薬圃を設けるためだ。

「皆も〈ひ乃え〉に集まっているだろう。寄せ餌代わりの煙を焚いて菖蒲魚を誘き出す」

白月が振り向いて微笑む。

ひ乃え、とは、里で一番大きな広場のこと。霊威満ちるご神木も立っている。その霊木を囲むようにして祭りの会場や市が設けられることも。なぜ〈ひ乃え〉と呼ぶのかというと、上里から見て南の位置に盛り場が作られているのだが、それがちょうど平仮名の『ひ』の字型に似ているためだ。入り江のようにへこんだ中心部分に〈ひ乃え〉がある。

「本当ですね、菖蒲魚がそちら側へ向かって泳いでいます」

雪緒は目の上に手で庇を作り、盛り場のほうを見やった。

青、緑、水色と、煙が地上からまっすぐに上がっている。いつもはもっと上空を泳ぐはずの菖蒲魚が高度を下げ、尾をなめらかに揺らめかせながら盛り場へ向かっているのだ。

――などともっともらしく白月と言葉をかわしていたが、雪緒の胸中はずいぶんと騒がしい。一度は夫婦にもなった仲、しかしろくに会話もせず離縁したものだから、こうして手をつなぐだけでもひどく緊張してしまう。

(手のひらがあたたかい……安心するのに、どきどきもする)

落ち着かない気持ちで周囲に視線を投げれば、木々の陰に動くものを発見した。白月の子飼いであるもふもふした子狐たちだ。どうやらお屋城を脱走した白月を連れ戻しにきたらしいが……「がんばれ白月様、そのままいい雰囲気を維持するんですよ！」といった応援の目つきでこちらをのぞき見しているような。

(上里の子狐たちってそういえば、あんなにかわいいのに思いがけず俗っぽいというか世慣れ

たところがあったか）

笑いをこらえていると、白月がふたたび雪緒を振り向いた。狐耳が片側だけ横に倒れている。

「なんだか嬉しそうだな？　俺も、雪緒がはしゃぐと、楽しいぞ」

「そうなんですか？」

「そうなんだ。おまえ様といると、普段より気持ちが若やぐ」

白月は二十歳をわずかに超えたばかりに見えるが、実際の年はもっと上だ。しかし妖や怪の中ではまだまだ若いほうだろう。

「どうもな、面妖で」

「なにがでしょう？」

「屋城にいるとき、腹心の楓に、俺が時折思い出し笑いをしていると指摘されることがある。毎回とは言わぬが、おまえ様のことを考えているときが大半で。それを言い当てられると、俺はなぜか言葉に詰まってしまう」

「……へ、へえ」

「俺の記憶に住む雪緒はとにかくか弱げで愛らしいんだが、本物の雪緒はもっと力強いし、美しく輝いているなあ」

「そ、それは、どうも」

「人の子と違って俺たちは、むやみやたらと記憶が美化されることなどまずない。だからその逆もありえぬはずなんだがな。まったく面妖だろう？」

　雪緒は答えず、思い切り顔を背けた。これはいけない、耳まで赤くなっている自覚がある。

（いまの発言も計算のうち？　それとも本心？）

　わからない！　もしも雪緒の反応を探るためなら狡賢（ずるがしこ）いにもほどがあり……、もしも天然発言だったら、どうすれば。

「真夜中、急に俺は飛び起きて道を駆けたくなる」

　なぜ。……と聞きたい。が、聞きたくない気もする。

「おまえ様、見世の戸締まりを決して怠るなよ。俺がもぐりこめぬようしっかり護符をはっておきなさい」

「はります、はっています」

「賢明だ」

　甘いのか、こわいのか、どちらかにしてほしい。

（この顔立ちと雰囲気につい騙される）

　白月は一見、優男（やさおとこ）。髪も肌も尾も白いため、なおさら優美な印象を受ける。雪緒に対しては口調や態度もやわらかい。

　けれど本性は、この品よく整った見た目ほどには優しくない。また、性情も非常に計算高く冷酷だ。他者をあやつることを厭わず、目的のためなら親族の命さえ奪う。

　というとまるでいっさいの慈悲を持たぬ冷血漢のようだが、そうとも言い切れないのが悩みどころで。情によろめかないというだけで、思いやりや慈しみの類いもしっかり持ち合わせている。仲間や一族への愛もある。つまりは狡猾と称される狐の性分を見事に体現している。

「でも、部屋に迎え入れてくれるのなら、それでもかまわぬけど」

　んふー、と白月が目に企みの色をたっぷり乗せて笑い、雪緒の腕に尾を巻きつけてくる。

「そろそろ俺を受け入れてくれてもいい時期じゃないか?」

　思い切り握りしめてやりたい、この尾……と雪緒が眉間に深い皺を寄せていると、白月がぴよぴよと狐耳を楽しげに動かした。

「俺はこう見えて妻を溺愛する男だぞ?」

　えぇそうでしょうね……、と雪緒は心の中でおおいに不貞腐れた。その宣言に嘘はないだろう。復縁すれば、彼はきっと雪緒をひたすら愛し抜く。——一時の戯れと割り切って、人の子に定められた短い生におもしろおかしく、かつ冷静に寄り添ってくれるはずだ。

　そう自虐をこめて暗く考えていたら、なにを思ったのか、白月は「俺はそんなに信用がないのか?」と口の両端を下げて困った顔を見せた。

「さ、寂しげな顔をしたってほだされませんから!」

「ほだされたほうが楽だと思う」

　確信をもって言わないでほしい。

「だってな、確かに俺は自他ともに認める狡猾な妖狐だが、少なくともおまえ様をもう傷つける真似はしないと言っているんだぞ。誓ってもいい、おまえ様のためにこの白月の命を捧げよう」

白月が真面目に口説く。

「いや、こういう言い方のほうが呑みこみやすいかな。俺の立場上、手を汚さずに生きることは許されない。敵とわかれば仲間だろうと始末する」

「知ってます」

「けれども雪緒は、俺が唯一手をかけぬ女だ。たとえおまえ様が二目と見られぬ化け物に変わろうとも、殺すくらいなら喜んで食われてやる」

「……も、もう、黙ってください！」

「これでほだされないなんて……おまえ様の心は鋼でできているのか？」

信じられんと言いたげな目つきをされた。

雪緒の心を鋼に変えるのは、白月だ。この熱烈な告白を、頬をそめず、浮つきもせず、胸を高鳴らせることなく平然としてしまうのだから。

「雪緒は俺がそばにいなくとも平気というのか」

白月はめずらしく拗ねた顔を見せた。狐耳も、しなりと萎れている。

「だが俺のいない日々なんて、きっと寂しくてたまらなくなるぞ。それが現実になる前に、このあたりで降参しておけ」

「本当、白月様って……！」

人の心を揺さぶることにためらいがない。

「どうしようかな。どんな熱ならその鋼を溶かせる。跪いて愛を乞おうか」

「けっこうです！」

「じゃあ、弓でも引くか」

言うや否や白月が背にさげていた弓をかまえ、矢を天空に放つ。……少々八つ当たりもかねているんじゃないかというほどに矢が勢いよく飛んでいく。

矢は吸いこまれるように、上空を渡っていた黒い菖蒲魚の腹を貫いた。

（お見事）

正直なところ、これらの精霊はあまり「生物」という印象がない。布で作られた単なる鯉のぼりか、あるいは〈浮世絵〉から抜け出してきたかのような鮮やかさと滑稽な不気味さがある。いかにも作り物というような。目は円で、鱗の形は松ぼっくりのようにくっきりと。

射られた菖蒲魚が慌てたように降下するのを見ていると、白月に「持っていてくれ」と弓を押しつけられた。雪緒が受け取ると同時に白月は腰の太刀を抜き、ぽんと音を立てて、熊ほどもありそうな体長の白狐に変身する。鞘から抜いた太刀は口にくわえられていた。

白狐は一度、雪緒を振り向いて獣らしく目を細めると、軽やかに地面を蹴り、近くの岩に飛

び乗った。そこからさらに飛び上がり、大きな杉の幹を蹴って枝へと移動する。そして枝がしなるほどに力強く跳躍した。

くわえていた太刀で菖蒲魚の腹を一刀両断。その閃き(ひらめき)が陽光をはじく。

「――」

切り裂かれた菖蒲魚の腹から紫や白の花菖蒲があふれ出し、雪緒の頭上に降り注ぐ。

とさ、と頭に落ちてきた紫色の花菖蒲を手に取ったとき、白狐が雪緒の前に行儀よくおすわりする。「まずは一匹」というように、自慢げにゆらりと尾を振っている。

(あなたは本当に、すごい大妖だ)

仮に雪緒が意固地な恋心の殻を割ることができたとしても、今度はべつの問題が持ち上がってくる。ただの人の子に、このお狐様は大きすぎる。最初の結婚のときは白月がどれほどおそろしい大妖なのか正しく呑みこめていなかった、だから無謀にもその手を掴(つか)めたのだ。

「強いですね、白月様は」

雪緒は感嘆する。

(強すぎるのだと思う)

白月の強さが、様々な意味で対等になれない雪緒の弱さをよりはっきりと浮き彫りにしてしまう。消極的にさせ、戸惑わせる。

――育ての親の翁が天昇し、一人になって以来、雪緒は自分でも困るほどに臆病(おくびょう)になってしまったらしい。

「……でも、あんまり弱気になるのはだめですね」

雪緒は、白狐のふわふわした頭の上に花菖蒲を乗せた。

きょとんとする白狐の姿に、思わず笑みが漏れた。


さすがに千も二千も狩れ——というのは無茶な話だが、それでもじゅうぶんな数の菖蒲魚を白月は捕らえてくれた。

さてどう持ち帰るかと悩んでいると、白月の活躍を木陰から見守っていた子狐たちが飛び出てきて、手伝いを申し出てくれた。少しばかり俗なところもあるが、頼りになる子たちだ。

「魚、おれたちが持ちましょう！」と屋根より高い竿竹に菖蒲魚をざくざくと刺し、雪緒の見世まで運んでくれる。

太刀舞を披露していたほかの妖らも似たような竿竹を用意し、菖蒲魚を刺している。布屋を営む妖は、魚の腹にたっぷりと詰まった花菖蒲を染織に使うだろう。米屋は、とぎ汁用に使うだろう。水飴屋は、砂糖を溶かす水に入れるだろう。今日の里は〈ひ乃え〉を中心にしてどこも賑々しく、明るい空気が満ちている。空も晴れ渡っているので、なおさら明るく見える。

（よい日だ）

こんな澄んだ日にうじうじしているのはもったいない。

雪緒も憂鬱な気分を吹き飛ばすべく、見世に到着後は脇目も振らずに札作りの仕事に精を出した。白月の行方が知れぬという不吉な知らせを宵丸が持ってきたのは、その作業が一段落ついたときのことである。

✿

(思い返せば白月様ってば、ご自分が行方知れずになる可能性をさりげなくほのめかしていなかったか)

先を読んでいたのか、単なる偶然か。

疾駆する黒獅子の背の上で、雪緒はしばし考えこむ。

現在雪緒は、黒獅子に変じた宵丸とともに白桜ヶ里へと向かっている。宵丸が「おまえに合わせて徒歩で峠を越えようとすれば、日が暮れてしまう」と強く主張し、震える雪緒を無理やり自分の背に騎乗させたのだ。

白桜ヶ里は、雪緒たちの暮らす紅椿ヶ里の隣に存在する。

まず、十六夜郷の七つの里と鬼里(おにざと)は方位盤のようにぐるりと一周する形で作られている。

東に紅椿ヶ里、南東に白桜ヶ里。おそろの地たる鬼里、葵角ヶ里(きづぬがさと)は、鬼門たる北東に。

里の外周には四つの大山、さらにその外側には連峰が、それらすべてを越えた向こうには〈外つ国〉があるという。その外つ国をこちらでは〈藩〉と呼んでいるが、雪緒たちとは決して関わることのない不知の世である。

白桜ヶ里と紅椿ヶ里の背面に聳立するのは、天頂を白く煙らせる羅衣山。東から南方にかけて高く立ちはだかる大山のひとつだ。この霊峰の周囲には鯨にまとわりつく小魚の群れのように、なだらかな稜線を見せる山々が寄り集まっている。

なだらかと言ってもあくまで羅衣山と比べた場合なので、雪緒のような、空飛ぶ翼や崖を駆ける獣の脚を持たぬ人の子にとってはそれらもじゅうぶん大きく深い山脈であることは間違いない。夜明けにはまばゆい日輪を乗せ、夜更けにはきらめく月の剣を掲げる山々だ。また、木々も春はあでやかな花衣、夏には青々とした緑衣、秋には熟れた果実のごとき赤衣、冬には純銀のように輝く雪の白衣と、四季を通して美しく葉の色を変える。

で、羅衣山から続くそれらの豊かな連峰が、白桜、紅椿の両里のあいだにも迫り出し、険しい谷を作っている。

もっとも有名なのは犀犀谷という幽遠な渓谷で、雪緒には因縁の場所でもある。

(前にも無理やり宵丸さんに、ここの谷へ連れて来られたっけ)

雪緒を妻にと目論む凶暴な狒狒男と遭遇した場所ともいう。それも結局は白月の妹狐である鈴音が裏で糸を引いていたわけだけれども。

（あれは二月のことだった）

雪が地の隅々まで降り積もっていた。山の彼方も、空の境も真っ白だった。

冷たく凍えた銀一色の季節からすでに三ヶ月が経過している。時の流れは景色にも変化を与える。

どこの里も根雪がすべて解け、生き物が活動し始めるまばゆい季節へ移り変わっている――はずだった。

「よ、宵丸さん、ちょっととまりましょう!!」

雪緒は追憶に耽ることをやめ、かすれた声で叫んだ。

犀犀谷を分断する大川を通過したあたりから、あきらかに周囲の景色がおかしくなっていないだろうか。夕暮れ時でもないというのに、なぜこうまで薄暗いのか。

「……気のせいと思いたいんですけれど、やけに空気が黒ずんでいませんか？　この一帯で誰か炭でも焼いていています!?」

訴える雪緒を無視して宵丸は木々のあいだをすり抜け、岩から岩へと駆け上がる。

黒獅子の背から下りることが許されたのは、白桜ヶ里の手前――下里のそばまで来たときだ。

里の境界を示しているのだろう、一定の間隔で小さな石を積んだいびつな柱が並んでいる。

「これって里を外敵から守るための一種の結界ですよね？　でも壊れかかっている」

崩壊寸前の石柱がいくつも見受けられる。

戦々恐々とその崩れかけの石柱を凝視していると、宵丸が青年姿へと変身して難しい顔を見せた。

「こいつは思った以上に面倒な状況だな。白月が地に張り巡らせたはずの妖力が押し潰されているじゃないか」

「妖気をほとんど感じ取れないはずの私の目にも、空気の悪さが明瞭に伝わってくるんですけれど」

「うん、正直、俺も卒倒しそうなほどに大気が腐っている。臭くてたまらん」

「そこまで」

大気が腐るって、どういうことだ。

「宵丸さん、今日のところはおとなしく戻りましょう」

大妖の彼でさえ気を失いかねないくらい空気が淀んでいるというのなら、無力な人の子の雪緒などひとたまりもないではないか。一応は煙管に札といった仕事道具のほか、胡桃、柚の皮などの魔除けの道具も小袋に詰めて持ってきている。しかしこの程度の装備で危機を回避できるとはとても思えない。力ある怪たちによる大掛かりな祈祷が必要だ。

「戻る前に少しでも収穫がほしいところだな。白月の野郎がこのあたりを訪れた痕跡はないか？」

宵丸が袖で口元を覆いながらあちこちに視線を投げる。

雪緒も目を凝らし、黒い霧が漂う大気の奥をうかがった。

「あれ……」

なにかいま、境界の向こうで人影が揺らめいたような気がする。

もう少し近づいても平気だろうか。

雪緒は数歩、進んだ。流れる黒い霧が偶然人影に見えただけ？

(そうは思えなかったんだけどな)

これでも目はいいほうだ。見間違えたとは思いにくい。

宵丸にも意見を聞いてみようと、雪緒は振り返った。

「あの、宵丸さん。あっちに人の影が――宵丸さん？」

雪緒は戸惑った。

状況を把握するより早く背筋に悪寒が走る。すぐ後ろにいたはずの宵丸の姿が、なぜかはっきり見えない。それこそ先ほど見た人影のように輪郭が曖昧になっている。

「宵丸さん!!　そこにいますよね!?」

おそろしくなって大声で呼びかけると、すぐさま返事があった。

「いる。が、どうにもまずい」

宵丸の声が聞き取りにくい。布を口に押し当てて話しているかのようだ。

おかしなことに、彼のほうへ駆け寄ろうとしてもまったく距離が縮まらない。

「薬屋はただの人の子ではないな。俺でも手間取る境界を難なくするっと抜けやがった」

「……えっ⁉　私、境界を越えてしまっているんですか⁉」

「おまえなあ……。予想外すぎて、俺もびっくりだ。薬屋は時々、俺以上に無謀な真似をしてくれるよな」

「ちっ、違いますよ、私だってこんなの予想外です」

雪緒は激しくうろたえた。

白桜ヶ里の内部に知らず侵入してしまったらしい。あのたった数歩でだ。

そういえば気のせいか、大気の色が濃くなっている。夕闇(ゆうやみ)の中にいるかのようだ。

(ひょっとすると私、侵入したせいでこの白桜ヶ里に閉じこめられている状態なのか)

以前、鬼里の内側へ入ってしまったときと同じ状況だ。境界を越えることはできても、こちらからは出られない。――って、これは本気で抜き差しならぬ状況では？

「で、出ます！　出してください！」

雪緒の力ではどうにもならない。宵丸の妖力で打ち破ってもらうしか。

しかし、宵丸の舌打ちが聞こえ、不吉な予感が強くなる。

「出せん。ただでさえ崩れかけているのに、ここで境界の穴を広げてしまえば、この腐った大気がさらにどっとあふれるぞ」

雪緒は息を詰めた。それをすれば被害が大きくなる……。

「おまえ、少しそこで待っていろ。外へ出す方法を探してくる」

その言葉にうなずきかけて、雪緒は仰天した。

「どこへ行かれるんですか？」

「いったん紅椿ヶ里に戻って上里のやつに呪法の抜け道を聞いてくる。俺は呪術関係が苦手なんだよ……」

「待って、離れないで！」

一人になりたくない。

「……熱烈な台詞だが、離れなくてはなにもできん」

宵丸もこの状況に苛々しているようだ。

「吼えて、助けを呼んでもいいが、それをすると仲間どころか邪悪なやつらが真っ先に駆けつけてきそうだしな」

「宵丸さんだけでいいです、あなたが強いの知ってますので！」

「……。色々と言いたいことはあるが、まあ、気を楽にして待っていろ」

そんな無茶な！

「ここに置き去りとか無理無理、そばにいてくださ……ちょっ宵丸さん！　宵丸さーん!?」

慌てて呼びかけるも、もう返事はもらえなかった。

（嘘でしょ!?）

本当に宵丸は、雪緒をこの不気味な場に残して去ってしまったらしい。

（死ぬ未来しか見えない！　宵丸さんってば、私が妖力を持たない無力な人の子だってことを忘れているな!?）

誰か嘘だと言って、と雪緒は叫んだ。

その悲痛な叫び声はいささかも反響することなく暗い大気に押し潰された。

❀

ひとまず雪緒は目についた大岩に座り、所持道具の確認を行った。

もしかしたら一日では里に戻れないかもという不安があったので、仕事道具の札は四十九枚と多めに持ってきている。一日の制限枚数は九十九枚だ。宵丸が見世を訪れる前に、すでに四十近くを使用している。

ほかは小刀、筆、顔料入りの小さな容器、胡桃、柚の皮。干し柿（がき）五つ。真珠の玉。丸薬、包み紙に入れた薬草、鈴……。

胡桃、柚の皮、鈴は魔除けの道具になる。とくに鈴の音は魔を祓（はら）う力が強いと言われているが、はたして夕闇めいた暗さに変わるほど沈んだ大気を浄化できるのか。さっそく鈴を振ってみるも、危惧（きぐ）した通り、まったく音が鳴らない。

試しに拍手もしてみる。拍手も邪を祓う行為である。

が、やはりこちらも、ぱすんぱすんという空気の抜けるような音がするのみだった。

(つまり音を鳴らす程度じゃ清められないくらい、この場の瘴気がすごいということで)

しかし持っていないよりはいい。これらの備えがなければ、とっくに雪緒の身体は瘴気で穢されていただろう。

胡桃や柚の皮などを丁寧に小袋に戻す。この小袋は、宵丸に扮した白月が狩ってくれた火鼠の皮から作られたものだ。火浣布自体に邪気を祓う効果がある。

雪緒は嘆息すると、小袋を両腕で抱えこみ、あたりを見回した。

(少し先の景色がわからないほど暗い)

ふしぎな暗さだと思う。境界に入る前は、濁った黒い霧が漂っているように見えていた。ところが境界の内側に入ったあとでは、暗さの種類が少々異なる。決して真っ暗闇ではない。大気も濁って見えるわけじゃない。なのになぜか見通せない。

こんな奇怪な大気の中で不用意に動けば、命取りになる。

宵丸が戻ってくるまで絶対にこの場を動くまい。

――そう力強く決意し、息をひそめて彼の帰りを待ったが、すぐに悠長なことなど言っていられない状況に陥った。

どう考えても悪霊の呻き声としか思えないような「おぉぉ……おぉぉ……」というおそろし

げな呻き声がこちらのほうへ近づいてきたのだ。

目を凝らせば不穏な夕闇の奥に、怪しげにゆらゆらする人影のようなものがいくつもうかがえる。それらの影は雪緒の視線に気づいたように、ふいに動きをとめた。

直後、呪わしい雄叫びを上げて迷わずこちらににじり寄ってくる。

(……宵丸さんのばかー!!)

雪緒は心の中で絶叫しながら岩を下り、駆け出した。

あの不気味な影に捕まれば無事ではすまないだろう。どこか避難できる場所を見つけねば。

――しかし視界の悪い瘴気の中を逃げ回るのは骨の折れることだった。

ぶつかる寸前まで樹幹があるのに気づかなかったり、地表から突き出ていた石に爪先をとられて転倒しかけたりと、何度もひやりとさせられる。目と鼻の先の距離にまで怪しい影に近づかれることもあった。

そうして必死に逃げ回るうち、雪緒は白桜ヶ里の奥へと入りこんでしまっていた。

(振り切れない!)

黄泉の国に落ちた亡者のような影が雪緒をしつこく追いかけてくる。なにか自分はあれらを引きつける特別な匂いでも発しているのか、それともほかに原因があるのか。

(呻き声だけじゃなくて妙な音も聞こえる)

影の群れが響かせる呪わしい雄叫びの中に、不吉な拍子の歌がまざっている。――…祭りゃんせ祭りゃんせお守り参らせ候、此方は四方のあこね坂、けむにかかれば実もかかる夕闇坂……、拾った歌の意味を考える余裕はない。雪緒は震える息を飲みこんで、木々に囲まれた低地のような一帯をひたすら走り続けた。

息が切れていったん立ち止まったとき、扇のごとく葉を広げた真っ赤な八手の木々が左右に並ぶ細道を発見する。土の階がその先に設けられている。

このまま突き進むのはまずいと頭の中で警告の声が響く。しかし振り返れない。影はつかず離れず、執拗に雪緒を追ってきている。雪緒は大きく息をはいたあと、また駆け出した。

白月ももしかしてこの暗暗とした細道を駆け上がったんだろうか？

そして、よくない者たちに飲みこまれてしまったんだろうか？

不吉な考えが脳裏をよぎる。いや、白月は他者にたやすく滅ぼされるほど弱くない。姿を見せないのはきっとべつの理由があるはずだ。そうであるべきだ。

唇を噛みしめ、睨むようにして視線を上げれば、目前に不可解な鳥居が聳えていた。

（いつの間に――）

雪緒は驚き、足を止めた。

「これは……？」

木製の鳥居だ。生木を用いる鳥居は珍しくないが、その類いとはまた違う。

柱も貫も笠木もそれぞれが、絡み合う多数の細い木の根で作られている。束状になっているその柱や笠木にはたっぷりと蔓が這い回り、白や青の夕顔を咲かせていた。花弁はまるで透き通っているかのように美しく、ぼんやりとほのかに浮き上がって見えたが、その朧気な様がどこか茫とした幽霊を連想させ、背筋をぞくりとさせる。

また、額には文字が刻まれているようだったが、夕顔の蔓に邪魔されて判読できない。

辻、という一文字のみ読み取れた。

(これは絶対にくぐっちゃいけないやつだ)

雪緒はごくりと喉を鳴らした。

そういえば前に、設楽の翁から「辻」に関する話を聞いた覚えがある。里の中に設けられている辻のことではなく、もっとべつの……あれはなんの辻の話だったたっけ？

(こわい話だったはずだ)

そう確信し、無意識に後ずさりしたときだ。

「ようよういらした、実の方の御通りじゃ」

そんな誰かの声とともに、雪緒は背中をいきなり両手で力一杯押された。

「!?」

雪緒はつんのめり、そして、と、とっ、と空足を踏んで——夕顔の鳥居をくぐってしまっていた。

◎弐・天人様がよろめかれ

雪緒は目を瞬かせた。

夕顔の鳥居をくぐった瞬間、帳を開いたかのように空気が一変したのだ。

あいかわらず空は夕闇の色。中天は青く、下方は茜色。けれども先ほどまでとは違ってあたりを見渡すことができる。

風とともに宙を渡るのは神楽歌か。ぴぃひょろ、どん。笛に大鼓に小鼓にと、茜がかった夕闇の空に祭囃子が鳴り響く。

茫然としていると、てんてんてんと軽妙な音を立てて菊模様の鮮やかな手鞠が転がってきた。それが雪緒の沓の先にぶつかり、とまる。

拾い上げた直後、わっと賑やかすように提灯の明かりがそこらで一斉についた。

雪緒は手鞠を持ったまま何度も瞬きをしながらその、ほおずき色の提灯が並ぶほうへ足を向けた。どうやら広い一角を塀のごとく提灯で囲っているようだ。雪緒が立っているのはちょうど正門にあたる場所らしい。

門の額には「朱闇御成門」と堂々、勇ましい筆致で書かれている。

そうだ、と雪緒はふいに理解する。先ほど通った夕顔の鳥居の額に書かれていたのもこの

「あかやみ」という文字だ。「朱闇辻（あかやみのつじ）」と刻まれていたのだ。

（ここからすぐにでも離れたほうがいい）

そう警鐘が頭の中で鳴り続けているのに、雪緒はどうしてか足を動かし、正門を通っていた。

その先には、夜店——床見世（とこみせ）が道々にずらりと並んでいた。

雪緒の位置から近い場所にある道の手前に、大きく傾いだ木製の看板が立っている。「此は朱闇辻一ノ通り、飯楽（めしらく）横丁」と記されているようだ。食べ物を扱った屋台が並ぶ道ということかと納得し、雪緒はおそるおそるその飯楽横丁へと近づいた。

屋台の規模や構造は千差万別。城のように立派なお屋根の見世（みせ）もあれば、いまにも倒壊しそうなつぎはぎだらけの古い見世もある。白木に黒木に赤木と、屋台の板の種類が統一されていない見世もある。耳のように大きな車輪を左右にくっつけている見世も。お屋根の代わりに大きな蛇の目傘をさしている風変わりな見世もあった。

お屋根に下がるのれんが提灯の明かりを受けて、文字をくっきりと夕闇の中に浮かび上がらせる。が、文字がどうにも読みにくい。何何焼き、何何串（くし）、何何すくい、などと書かれているが、その何何の部分がわからない。

雪緒は手鞠を抱えこみ、視線を巡らせた。

（ふしぎにふしぎが重なっているようなところだ）

ここまでなら心躍る夜市の風情。だが見世と見世のあいだには長さの異なる卒塔婆（そとば）が何本も立っている。それがまた、ありえないような極彩色で、雪緒は思わず目を疑った。

わいわいがやがや、道にはたくさんの人出があった。奥のほうでは山車らしきものも動いているようだ。汁物を売る屋台からは、じゅわじゅわと白い湯気が上がっている。

（ここはいったい……）

さらに足を進めると、ふいに、近くでどっと笑い声が上がる。手拍子とともに、香具師のような口上も耳に届く。さぁ見て見て鬼さんこっち、これはべっ甲べっ甲、ただのべっ甲じゃない、北の北の北から来た玄冬住まいの玄武のな、真白の鱗板を一枚二枚三枚と、そうだよお前様諸手を合わせて拝みなよ、お休みなさる四神の玄武を捕らえて鱗を剥がしてな、砕いて煮て焼いて溶かしてべっ甲飴にしたのです、霊験あらたか新たし新たし、べろりと食っちまえば平坂だって越えてゆける、食え食え食え。

「ねえさま、それ、返してよ」

惚けていると、突然、真横から声がした。

ばっと視線を向ければ、桜模様の着物を来た五つくらいのおかっぱの女童が雪緒の隣に立っている。顔には、愛嬌のある猫のお面がつけられていた。そのお面の目が、雪緒が持つ手鞠をじっと見つめている。

「あたくしの手鞠よ、返して」

「あ……、うん」

せがむ女童へと慌てて手鞠を渡す。いや、渡そうとして、雪緒は息をとめた。

「――」

手鞠を掴もうとする女童の手は、蜥蜴そのものだった。

「ねえさま、お面はどうしたの？」

「お面？」

「あたくしは、ねえさまをどうこうしようとは思わないけれども。気をつけたほうが、よくってよ」

女童は、ふんと雪緒から顔を背けると、からころと下駄の音を響かせて去っていった。

（どこの里に住む子だったんだろう？）

その子の後ろ姿を戸惑いとともに見送っていると、頭上に矢が勢いよく飛んできた。

（違う、矢じゃなくて……赤い飾り紐？）

唖然とするうちにひゅんひゅんと、真っ赤な太い飾り紐が宙を飛び交い、道に並ぶ夜店の屋根にくっついた。

（なんだかこの形、蜘蛛の巣のようだ）

赤い飾り紐で空中に巨大な巣を作っているかのよう。そんなことを思って雪緒は仰天した。

本当に蜘蛛の巣だ。張り巡らされた飾り紐の上に、人より大きな体長の黒い蜘蛛が現れたのだ。

その蜘蛛の顔にはなぜか妙に愛らしい兎のお面がつけられている。花魁めいた華やかな簪までもさしていた。そして小粋な赤い蛇の目傘を持っていた。

「……ちょっとあんた、なにじろじろ見てんのよ。失礼ねえ」

その大蜘蛛がふいに地上の雪緒を見下ろし、険のある声で言った。兎のお面の目が、ぎょろぎょろと動いていた。

「すっ、すみません！」

謝罪の声が裏返る。

（なにこの光景。なんなの、この夜市——）

大蜘蛛や女童だけではない、道をゆく者すべて、鳥に馬に狸に狐、犬、猫、鼠、蛙と、様々な生き物のお面をつけている。例外はない。屋台の主人らだってお面つきだ。

（これが白桜ヶ里の常識？）

こちらの里の者たちは皆、お面をつける決まりでもあるのか？

雪緒の暮らす紅椿ヶ里にも、人型ではなく怪のままの姿ですごす者もいる。だがそういった者たちとはあきらかに雰囲気が違う。

だいいち、白桜ヶ里の者たちは大半が鈴音に滅ぼされたのではなかったか？

こんなに賑やかな夜市を開催できるくらいの余裕があるのなら、白月が視察に向かう必要などなかったはずでは。

「——あんた、だぁれ？」

こちらをずっと見下ろしていた大蜘蛛が、ふしぎそうに尋ねた。

「私は……」

雪緒は戦慄した。

皆、お面をつけている。例外はない。いや、雪緒だけが例外で、素顔を晒している。先ほどの女童はなんと言っていたか。気をつけたほうがよいと、そう忠告していなかったか。

「もしやあんた、肝が生きているんじゃないか？　心臓もどくどくって拍子を打っているんじゃない？」

はわわと大蜘蛛が興奮した口調で言う。毛むくじゃらの足が、獲物に飛びつこうとする獣のように飾り紐を忙しなく引っ掻いていた。

「ねえねえ見せてちょうだい！」

「な、なにを」

「ちょっとそこのおまえたち、お聞きよ、ここにおいしそうな人の子がいるわ！」

大蜘蛛が叫んだ瞬間、わいわいがやがやと楽しそうに床見世をのぞいていた者たちが、一斉に振り向いた。

しん、と静まり返った直後、彼らのお面の目が細くなり、にんまりと笑みを描く。

（あっ、まずい）

襲われる、と瞬時に悟り、雪緒は蒼白になった。とっさに肩にさげていた小袋から胡桃を取り出し、彼らに向かってすばやく投げつける。

お面の彼らが怯んだ瞬間を見計らい、雪緒は全速力で走った。

彼らはすぐさま身の強張りを解き、手を伸ばしてくる。袖や髪の先を掴まれそうになり、恐怖で全身が粟立った。

いくらも進まないうちにいきなり横から腕を握られ、見世と見世のあいだにある狭い暗がりへ引っぱりこまれる。

（まずい……っ！）

悲鳴を上げかけたが、大きな手が荒っぽく雪緒の口を塞ぐ。さらにはこちらの動きを封じるように腰をぎゅっと抱きしめてくる。

「静かに」

雪緒を引き寄せた怪しい何者かが耳元でささやいた。

この声は……。

雪緒は目を見開いた。よく知っている。

正体を確かめるべく身をよじって振り向こうとすると、なおさら強く抱きしめられる。

「おとなしくしなさい。見つかるだろ」

甘く叱るような声に雪緒は固まる。

――この声、白月そっくりだ。

「……ううん、だめだな。見つかりそうだ。しかたない、ちょっとそのあたりのやつを脅してこよう。おまえはここで待っていなさい」

えっ、と慌てふためくと同時に、雪緒はその者の腕から解放された。

視線で姿を追うも、その者はさっと背を向けて暗がりを抜けて行ってしまう。

表の道から差しこむ提灯の明かりが、その者の姿を一瞬あきらかにする。

長身の男だ。梅の花が咲く黒い着物に身を包んでいる。けれども肝心の顔を見ることはできなかった。男は表の道に戻るとすぐに陰陽模様が描かれた紅白の傘を広げてしまったのだ。

印象的なのは真っ赤な兵児帯（へこおび）で、端を垂らすようにして背中で大きく結んでいる。金魚を連想させる結び方だ。端にかけて帯が白くそめられているため、なおさら金魚っぽい。

しかしもっとも雪緒の注意を引いたのは、筆の穂先のようにもふもふした長くて太い狐の尾だった。

(あのたっぷりとした狐尾はやっぱり白月様!?　……いや待って、なんで毛が黒い!?)

急いで彼を追おうとした直後、ぎゃあだのぎえぇだのというおそろしげな悲鳴が表の道のほうから響いてくる。悲鳴というより断末魔の叫びのようだ。

彼を追う気など、きれいに消え失（う）せた。

(……おとなしく待とう)

しばらくその場に残って表の道の様子をうかがったが、どうしたものか、男はなかなか戻ってこない。

ただ待つだけでいいのか、移動すべきじゃないか……そんな焦慮に駆られるうち、すぐ横に立っている床見世の屋根から先ほどの大蜘蛛が顔を出した。

雪緒は慌てて表の道――ではなく、床見世の裏側にあたる道へと飛び出した。

ところがそちらにも床見世がびっしり。どうやら表と裏、背中合わせに見世を並べているようだ。つまりこちら側の道は、表の飯楽とはべつの横丁になる。

肩にさげていた小袋で顔を隠しながら、雪緒は急いでその道を走った。

目の端に、様々な品を売る屋台の様子が映る。多種の動物のお面を売る見世がある。手鞠に綿飴、金魚すくい。赤い風車を売る見世も。くるくると回っている。

囃子も聞こえて、胸がはずむような夜市の景色のはず――。

だが、おかしい。雪緒の里で開かれる夜市とはなにかが違う。

(そんな……、ありえない)

たとえば、金魚すくい。なぜすくったそばから皆、食べてしまうのか。

それに、古看板屋という見世はいったい。

その見世に並ぶのは円形や縦長の錆びた看板だ。『酒屋ボンボン　ウヰスキー有り〼』『頭痛によく効く幸田生薬』『本日ミルクキャラメル入荷』『劇団トンボ流星群』『瞳いろどる落ちないマスカラ』などという文字が書かれた、わけのわからないものばかり。

（きゃらめるって、なに）

雪緒の里に、そんな名前の食べ物はない。いや、なぜ食べ物だとわかる？　確かそれは、飴に似た菓子ではなかったか。甘い味の……。

お面をつけた客たちの恰好も、よく見ればずいぶんと奇妙だ。

学生めいた黒い詰め衿を着用する天狗が古看板屋をのぞいている。天狗の顔の上半分には歌舞伎役者のような化粧を施した虎のお面が載っていた。

その奇天烈な恰好をした天狗の横には、腰から下が南瓜のように膨らんだ派手な装束の――そう、レースたっぷりのレトロなドレスを着た埴輪もどきがいる。こちらはとぼけた蛙のお面をつけているが、小さすぎて目の端や髭が見えてしまっている。彼女なのか彼なのか不明なその埴輪もどきは、大きな青の風車を日傘のようにさしていた。

（どれすって、なに。れーす、って……）

ほかには緑色の袈裟をかけた法衣姿の大鯰。すずめのお面をつけている。

襤褸切れのようなベールをかぶりながら道を転がる達磨は猿のお面。二足歩行する軍服姿の牛男の集団は、揃いのひょっとこのお面。

英国紳士のようなスーツを着用した狸はおたふくのお面。いますれ違ったのは、鬼女のお面に紫色の紅をぬりたくって女装する振り袖姿の馬男だ。こちらも二足歩行。

（べーる、すーつ……）

その馬男を熱心にかき口説いているのは、水干姿の、錆びついたガネーシャ像。お面は桃色の豚だった。

(普通の怪じゃない。陶器や人形までが、生き物のように動いている)

犬の面をつけた青銅の阿修羅像は白無垢を着込み、鹿のお面の文楽人形は特攻隊のような姿をして……。綿の飛び出た熊のぬいぐるみは、腐った林檎飴をかっぱのお面の口にぐいぐいと押しつけている。ぽんぴんぺんとビードロを鳴らしてはしゃぐのは、狐面の童子たち。

あちらの見世では、空き缶が売られている。

こちらの見世では、壊れた掃除機や電子レンジが売られている。

ハンガーが売られている。腕時計が、クロコダイルのバッグが、金メッキのイヤリングが、潰れたバスケットボールが、くるみ割り人形が。

——雪緒はこの、あらゆる時代が入り交じっているような不気味な光景……異様な客たち、異様な屋台に圧倒され、くらくらしてきた。

「風呂屋、風呂屋でございい。それ畜生ども、入った入った」

巨大な木桶を御輿のように担ぐ狐面の集団がこちらに近づいてくる。中の湯は、ぐつぐつと煮えたぎっていた。付近でたむろしていた客が、わっと嬉しそうな声を上げてその木桶によじ登り、どぼんと飛びこむ。自分から飛びこんだくせに客たちは熱い熱いと悶え苦しんだ。メーデーメーデーこちら死に損ない横丁、まわりの客もつられてそう泣き叫ぶ。

彼らの常軌を逸した姿に、雪緒は身を震わせた。

（なんなの、ここは）

無意識に一歩後退したとき、ふたたび誰かに腕を取られた。抵抗する間もなく蛙の丸焼きを売る屋台の横へと引っぱられてしまう。

先ほどの、白月と思しき金魚帯の男がようやく戻ってきたのかと思ったが、装束が違う。

今度は、赤い直垂姿の、顔の上半分を覆う梟のお面をつけた男である。

「だめじゃないですか、お面もなしに朱闇辻の市へ来るなんて」

「え……」

狂った光景を見た直後のためか、まともな口調で窘められたことに雪緒はひどく驚いた。

「くすりやの雪緒さん、ここはあなたみたいな健全そのものの人の子が足を踏みこんでいいところじゃないですよ。なんだって、まったく……」

「わ、私の名前をご存じなんですか」

ということは、同じ里の者？

「おや、何度かあなたの見世の薬を買ったことがあるんですけれどねえ。わかりませんか、僕のこと」

男が苦笑し、ちょっと梟のお面を横にずらした。

優しげな眼差しの、端整な顔立ちをした男だった。肌は浅黒く、長い髪は雪の色。年は白月よりもわずかに上のように見える。

「……沙霧様ですか?」

彼の顔をつくづく眺めて、正体に思い至る。すぐにそうと気づかなかったのは、これまであまり接点のない相手だったせいだ。

「僕を知っていたか、ほっとした」

笑いとともに漏れる吐息が妙に甘い。

木霊の沙霧。彼は、怪でも妖でもない。もちろん人の子でもなく、鬼でもない。半神だ。神と人とのあいだに生まれた子だが、片親がいったいなんの神であるかは、雪緒は知らない。

「それで、雪緒さんはなぜこんなところにいる?」

「あ、あの、私は白月様を捜しに……」

という説明の途中で、にこやかだった沙霧が急に真顔を見せる。

あからさまなその変化に雪緒は仰け反った。

「あぁ、八尾の狐野郎を追ってきたのか……。白桜ヶ里の偵察に来ていたんだったな」

憎しみのこもったこの口調、もしかしなくとも白月を蛇蝎のごとく嫌っている。

「でもなぜだ? 雪緒さんは確か、狐野郎……御館様との復縁を断り続けていると噂で聞いたが。なのにわざわざ捜しに来たんですか?」

「ええ、その……宵丸さんから、白月様が行方知れずになったと知らせを受け、協力して捜索することに」

「庇(かば)わずともよいですよ。獅子(しし)野郎に無理やり連れてこられたんでしょう？」

舌打ちとともに凍えた声で吐き捨てられ、雪緒は顔が引きつりそうになった。

（宵丸さんのことも、ものすごく嫌ってる）

木霊の沙霧は、そういえば里の者とはほとんど交流がない。だが、雪緒の見世を訪れる常連客の話によると、とにかく高慢でいけすかないやつであるとのこと。

しかし、言われるほど高慢なようには見えないが……。

「沙霧様、ここは白桜ヶ里で合っていますか？」

雪緒は勢いこんで尋ねた。つき合いのある相手ではないが、同じ里の者だ。この場で会えたのは僥倖(ぎょうこう)に違いない。

「そうであってそうではない、と答える」

という問答めいた沙霧の返事に、雪緒は戸惑った。

沙霧は表情をやわらげると、優しく教えてくれた。

「鳥居を抜けてこなかったのかな？　そこの額に書いてあったと思いますが、ここは朱闇辻だ。常闇(とこやみ)の手前に現れる、黄昏(たそがれ)の場」

「常闇の手前……」

「あの世とこの世の境にある異界、といえばいいですかね」

沙霧の言葉を咀嚼し、考えに沈む。

常闇とは、なんらかの理由で穢れを帯び、堕ちてしまった怪や妖が行き着く暗い森だ。亡者蠢く黄泉の国……『よもつ國』に通ずる森とされる。人、あるいは天昇以外の形で予期せず滅した怪などは、死後ここへ来る。天昇は、定められている命数の通りに生き抜いた、老いた怪や妖のみに許される秘儀なのだ。

よもつ國に向かった場合は審判の末に輪転するという。新しい命を得て生誕を繰り返すことになるため、天昇のように神格が上がったり自我を保てたりするわけではない。

しかし堕ちた怪はよもつ國へも行けず、当然、輪転すら許されない。常闇の中に閉ざされるのだ。そこに堕ちた怪が復活するときは、祟りをなす災神へ変じるのだと聞く。

災神を善き祭神へ変えるためには、長い年月、祀って祈らねばならない。

「雪緒さんは設楽の翁に育てられたんだろう？　なら、彼から説明を受けていないか？　ここは境の辻なので様々なものが流れ着くんですよ」

沙霧がちらりと道のほうに目をやる。

確かに、ここには様々な姿を持つ者たちが存在する。品々も。

「常闇に堕ちる予定の者はね、七十七日を迎えるまではこの辻を自由に行き来できる。そこでうまく潔斎をこなせば、さらに滞在日数を延長できる。……とどまっている期間、その者のために誰かがもとの世で祈り、祀ってくれていれば、常闇に堕ちずにすむという寸法だ」

「災神にならず、祭神になれるということですか？」

「そうなりますね。天昇とは違って不変の神格は得られないし、なにかあればすぐさま災神に堕ちるという非常に中途半端で弱々しいいびつな存在ではあるが、それでも一応は祀られる神として、天界の最下層たる楽土へ渡れるでしょうよ」

言葉の端々に少しばかり蔑みの色がのぞくが、表情は柔和だ。

ふしぎな男だと雪緒は思う。

「それで、先ほどの雪緒さんの問いかけに戻るが」

沙霧が声音を穏やかなものに戻した。

「ここは白桜ヶ里のあった地で間違いないが、ひどく穢れてしまったために朱闇辻とつながってしまった。重なった、という表現のほうがふさわしいかもしれないですね」

「……一時的に、半常闇状態、みたいな？」

「うまい言い方をするね。そうそう、それでおよそ合っています」

だから空の色が夕闇なのか、と雪緒は虚ろな目をして考えた。

そんな危険な場所に知らずさまよいこんでしまったとは。

「って、なぜ沙霧様まで辻に来ているんですか!?」

「え、だってここでしか手に入れられない貴重な品々があるんだよ」

楽しげに言われて、雪緒は唖然とした。

「僕、こう見えて神格高いんで。辻にもぐりこむ程度、わけないですよ」

「わあ、すごいです……」

わかった、悩むだけ無駄だ。雪緒はそうそうにあきらめた。

白月や宵丸にも通じるような並外れた気ままさを、この沙霧からもひしひしと感じる。

「ところで雪緒さん、辻でなにか買い食いしました？」

「まさか！　それどころじゃなかったです」

「ま、そうか。そうでしょうね」

雪緒の状況を把握したのだろう、沙霧がひそやかに笑った。

「不用意に買い食いしないほうがいいですよ。ものによっては、生者には黄泉竈食い（よもつへぐい）となりますんでね」

「えっ、よもつ……？」

「辻に流れ着くのは堕ちかけの者ばかりじゃない。品もです。見世で売られている品々は、時代を問わず現世からなにかの拍子に流れてきたものだ」

時代を問わず、という部分に雪緒は身を強張らせた。

「ここの者たちは、そういった品々を食べたり身につけたりすることで自我を保ち、穢れを祓おうとするわけです」

「それが潔斎？」

「うん、そうです」

色々と腑に落ちた。客らが奇妙な装束をまとっていたのはそのためか。そして屋台には、十六夜郷の里にあるはずのないもの、存在しないはずのものが並んでいる……。

「で、僕もですが皆、お面をしているでしょ」

「はい」

「これって辻の通行書代わりなわけですよ」

「……はい？」

「あるいは護符の役割を果たすものでね。たとえば、お面つきの者を理由なく襲うことは最大の禁忌です。それだけで一気に穢れがたまる」

「え」

「だからほら、千差万別な姿形の者が通りを歩いているが、誰も争わないでしょう」

説明を聞くうち、雪緒は嫌な予感がしてきた。

「逆を言えば、お面なしの者ならいくらでも襲っていいということになる」

沙霧が焦茶色の目を獣のように光らせて、雪緒を値踏みする。

「とくにか弱い人の子なんかが素顔を晒して呑気に歩いていたら、そりゃまったなしで襲われるでしょうねえ」

「ど、どうして」

「だって現世の存在だし、穢れていない新鮮な肝を持っているんですよ？　これ以上ない潔斎となるんで、無我夢中で食べたがるでしょう」

「そのお面は、どこで手に入れれば……」

雪緒は震えながら尋ねた。

「ひとつ予備を持っているんで、差し上げましょうか」

「ぜひ！」

さすがは半神、慈悲深い。沙霧を崇め奉りたい。

雪緒は涙ぐみつつ両手を差し出した。沙霧が少し笑って、肩にさげていた麻袋から狐面を取り出す。

渡されたのは、沙霧のお面同様、顔の上半分を覆う作りのものだ。全体は白で、耳の内側部分は赤。目元の隈取りも赤。額部分には菊花のような模様がある。

面の左右の端には装着用の飾り紐が通されていたが、その部分には赤い布もくくりつけられており、華やかに蝶々結びされている……と思いきや、本物の蝶がくっつけられていた。時折ふわりと翅が動く。後翅は、それこそ布のようにだらりと長い。

おそるおそる触ってみれば、普通の布の感触しかしなかった。これは蝶に化けた布というべきなのか。布に化けた蝶というべきか。

ふしぎな感触が気に入って、つい布をしつこくもみもみしていると、沙霧が「遊んでいないで」と微苦笑し、優しくお面を取り上げて雪緒の顔に装着してくれた。

おもしろいことに、まるで顔を覆っている感覚がない。視界もいつも通りだ。

「じゃあ、このお面があれば、里というかこの辻から脱出できるんですね」

背後に回って後頭部で紐を結んでくれる親切な沙霧に感謝しながら、雪緒は安堵のまざった声を出す。

「まさか」

否定の返事に、雪緒は固まった。

「……まさか、って？」

「面はあくまで、通行書と護符代わりってだけですよ。面ひとつでほいほい出入りできるんなら、とっくに皆、脱出しているでしょ」

「もしかして、ここに入った時点で私も災神になる可能性があるとか」

「いや、それはない……滅多に。現に床見世の主人たちは、堕ちた怪とは違います」

「じゃあ脱出する方法をご存じですか！」

「金」

「………えっ」

いま、なんて？　幻聴か。

「渡し銭がいりますよ。世の中、金がものをいう」

なんという即物的な、と雪緒は思わず真顔で振り向いた。沙霧は雪緒の紐を結び終えると、自分のお面もつけ直し、唇の端をつり上げた。目元が隠れるだけでずいぶんと妖しく油断ならない雰囲気に変わる。

「……どのくらいの銭が必要でしょうか？」

「金貨百枚は最低でも」

「百枚」

気が遠のきそうになった。

（なにその、悪徳商法的なぼったくり価格）

硬貨には、金貨、銀貨、銅貨と三種存在する。通常、里で使用するのは銅貨だ。これでだいたい日用品は購える。銅貨のみ、一等銅貨、二等、三等と種類がわかれている。だから金貨なんてまず使わない。銀貨ですら、よほど高価な装身具や衣を買うときでないと目にする機会はない。

（沙霧様とか白月様なら、金貨なんて見慣れているかもしれないけれど）

雪緒は世の無常を噛みしめた。懐にあるのは、銅貨数枚。これではどうにもならない。

「百枚、持っていないんですか？」

「ないですね……」

答える声も暗くなる。

「なんなら僕があなたを身請けしようか？」

楽しげに提案する沙霧の顔を、雪緒は唖然と見つめた。

お面で隠されてしまったから正確にはどんな表情を浮かべているかわからないが——警戒したくなるようなこわい空気を感じる。

「身請け？　……って、一時的に渡し銭を肩代わりしてくれるという意味でしょうか？」

「僕ってそんなに善良に見えるのかな。当然、証文を作り、囲いますけど」

雪緒は絶句した。

「御館があれほど執着している人の子を僕が女郎扱いしたら、果たしてどんな顔を見せてくれるのか、想像するだけでも楽しくて」

常連客から仕入れた沙霧に関する悪い噂がいま、心底納得できた。

（どうして大妖って誰もかれも癖がありすぎるんだろう）

その中でも一番狡猾なのが白月なんだろうけれど！　と、雪緒はひどいことを考えた。だが間違っていない。

「ほかに方法はありませんか？」

「身請けを嫌がるのか。理由はどうあれ無償に等しい条件で僕の加護を得られるのに、雪緒さんは変わっているな」

半神や怪の無償以上におそろしいものがあるだろうか？

「ほかの方法といってもなあ……助かりたいなら僕に頼むのがもっとも安全だと思うが」

沙霧がゆるく腕組みしてつぶやいたときだ。

背後から伸びてきた第三者の腕に雪緒はいきなり腰を掴まれた。と同時に、頭の横をひゅっと棒状の細いものが飛んでいく。いや、後方から突き出てきたというか。

あきらかにそれは、雪緒と向かい合う沙霧の首を狙っていた。沙霧は動じることなくその細い棒もどきを片手で掴んでとめた。

刀かと思って肝を冷やしたが、よく見るとそれは閉じられた竹の傘だった。

雪緒は自分の腰を掴む手を見下ろし、次に傘を掴む沙霧を見てから、怖々と振り向いた。

傘を突き出した犯人は、先ほど会った、梅模様の黒い着物に赤の兵児帯を結んだ男だった。

雪緒は言葉なく男を凝視した。顔には、着物と揃いの黒い狐面。左右には菊結びの房飾りが垂れている。隈取りは赤、額の崩し文字のような模様も赤。

(……白月様?　じゃない?)

雪緒は混乱した。背丈や身体の厚みは彼と同一に見える。

ところが、着物やお面同様に、髪も狐耳も尾も、すべて黒い。

白月の全身を黒くそめたらこうなる、というような雰囲気だ。

「これはこれは、油断のならない木霊様であらせられる！　辻で娘を口説くとは！」

白月もどきの黒狐が、楽しげな声で言う。

（んん……？）

雪緒はさらに戸惑った。

声質もやはり白月そっくりだが……彼はここまで陽気な話し方はしない。

「辻にいるということはとうとう堕ちたか、木霊様。あなたはなにせ災神と人のあいだに生まれた腐れ野郎だ、いつ堕ちたっておかしくなかった……おっと、怒らせた！」

おそらく禁句であったに違いない沙霧の身の上を、白月もどきはあっさり明かした。

沙霧が一瞬で、沸騰した湯のように怒りをたぎらせたのが雪緒にもわかる。……彼が掴んでいた傘が、ばきっと割れたので。

（彼らのあいだに火花が散っている）

雪緒はひっそりと震えた。

男の正体も、彼らの関係も気になるが、とても口を挟める雰囲気ではない。

「あなたこそまだ穢れ切っていなかったんですか、『天神（てんじん）』様。とっとと化け物に変わってしまえばよかったのに。もともと性根が腐り切っているんだから、いまさら堕ちたところで大差などないでしょう」

沙霧が傘をその場に投げ捨て、低い声で応酬する。

天神様？　……白月ではないのか？

雪緒は一触即発の険悪な様子に怯（おび）えつつも、もう一度白月もどきを見上げた。

「あなたとここで会う気はこれっぽっちもなかったんですがね。邪魔するな」

「かわいらしい娘が誑かされそうになっているのを見すごすわけにはいかぬじゃないか！」

「は、なるほど！　僕に奪われまいとして慌てて駆けつけたというわけか、この狐野郎が」

「はは、いますぐ堕ちればいいのに、穢れた木霊野郎め！」

……なんだこの方たち、おとなげない。

雪緒はしだいに恐怖よりも、天神と呼ばれたこの男の正体を暴きたくなってきた。

その衝動をこらえ切れず、悪意たっぷりに沙霧と罵り合戦を繰り広げている男の狐尾を、もふっと両手で掴む。

直後、男がぴたりと口を閉ざした。

(やだ、この感触は……！)

雪緒は確信した。

間違いない、このふわふわふっくら、とろけそうな極上の手触り。白月の毛だ。

「……なにをしているのかな、おまえ」

「毛をもませていただきました。あなたは白月様ですよね！」

「いいえ、とんでもない」

即座に否定された。

「騙されませんよ！」

雪緒は胸を張って言い返した。恐怖は跡形もなく消え失せ、代わりに深い安堵が胸に押し寄せる。

（よかった、見つけられて……！）

こんな形で再会するとは思わなかったし、突っこみたい部分も多々あるが、とにかくいまは彼の無事を喜びたい心境だった。

「でもなんで白月様の毛並み、黒く変わっているんですか」

「違うよ、わたしはそういう名の者じゃないったら。天神様だよ」

まだ認めないとは。

「嘘（うそ）はけっこうです。白月様でしょう」

「いいえ、天神様だよ」

「強情！」

「天神だって言っているでしょお！　しつこいな！」

「そんな奇妙な話し方で私を惑わそうとしても無駄ですよ。この尾の手触り！　白月様以外にありえない！」

「すけべ」

「……はい!?」

雪緒は耳を疑った。なにを言っているんだろう、この黒狐。

「すけべでもなきゃ見ず知らずの男の尾なんて大胆にいじり回さない！」

　衝撃を受けて固まる雪緒の手から、黒狐が尾をばばっと引っこ抜く。

「やらしい！」

「なっ——ばかなことを言わないでください、私はただ手触りを確かめただけです!!」

「悪い木霊野郎に誑かされそうになっていると思って、純粋な親切心で助けてあげたのに！　破廉恥な返り討ちにあった！」

「大きな声で言うのやめてもらえますか！」

　袖でお面の口を覆う黒狐を睨みつけたとき、呆気に取られた様子でこのやりとりを眺めていた沙霧が溜息を落とした。

「雪緒さん、あなたの声もじゅうぶん大きい……」

「す、すみません」

　しかしどう考えてもこの黒狐が悪いと思う。毛の感触も声音も白月そのものなのに、なぜか別人の振りをするんだから。

「沙霧様、ですがこの黒狐様は白月様で間違いないですよね？」

　黒狐本人と言い合っても埒が明かないので、雪緒は沙霧に確認を取った。沙霧は唇の端を歪めて意地悪そうにふっと笑うと、「……こうまで頑なに天神と言いはっているんだから、もうそういう怪しげな存在でいいんじゃないですか？」と含みのある物言いをした。

「えー!!」

なんで！　と憤る雪緒に、沙霧はさらに意地悪な発言をする。

「こんなろくでもない狐野郎は放っておけばいいよ。それよりも問題は雪緒さんの身の安全についてだ」

「身の安全も気になりますが、白月様のことが一番――」

「これからどうするの？　いっそこのまま辻で働き、ともに暮らすか？」

雪緒はぐっと息を詰めた。

そうだった、いまはどうやって朱闇辻を抜け出すかが問題なんだった。

だが本来の目的は白月を捜し出して、紅椿ヶ里に連れ戻すことではなかったか。

(なのにこの狐様は白月様じゃないって否定するし！　どうなっているんだろう)

まさかこうしたのっぴきならない状況でも雪緒の心を揺さぶって、思うがままに翻弄する気なのか。いやまさか、いくら白月だろうとそこまで不謹慎な真似はしない――。

(……こともないか。むしろ嬉々としてやりそうだ……)

なにしろ人を騙すのが得意なお狐様である。

「だが不穏な辻で永遠をすごすくらいなら、僕に身請けされたほうがよくない？」

沙霧がふたたびその案を口にする。半神の木霊に囲ってもらえるなんて、本当なら願ってもない話だろう。

いつまで経ってても燃え尽きてくれないこの恋心さえなければ。

「……ふざけるなよぉ、木霊野郎」

黒狐が地を這うような声で言った。

「うるさい、似非天神が」

「おまえに身請けされるなんて、嫌に決まってる。辻で暮らすほうがまだましだ」

「狐野郎の意見を聞きたいわけじゃない。僕は雪緒さんに言ったんだ」

「雪緒さん、だって？　馴れ馴れしい木霊だなあ！」

ふたたびおとなげない争いが二人のあいだに勃発しかけたため、雪緒は急いで割りこんだ。

「そうだ、沙霧様。さっき、辻で働くと言いましたよね？　ここには堕ちた者以外にも、見世の主人が存在するんですよね……」

「まあ、ええ」

いきなりなんだ、というように沙霧がこちらを向く。

「――決めた。私、働きます」

雪緒は力強く宣言した。

自称天神の黒狐と沙霧が、えっと身を引いた。

「私、ここで見世を開いて、渡し銭を稼ぐ……!!」

一拍後、彼らは先ほどの雪緒のように「えー!!」と叫んだ。

◎参・とうと通りて遠の国、御用なきもの遠のかせ

見世を出すのに必要な屋台や場所代は、雪緒の突飛な宣言をおもしろがった沙霧が手配してくれる運びになった。もちろん無償ではない。屋台の売り上げの一部を渡すことを条件に、了承してもらったのだ。

「ただし一日、待ってほしい。辻の差配人に場所代の交渉をしなくちゃいけないし、屋台の貸し出し登録も必要だ。身元保証は、手配師に銭を握らせて証文を書かせればいいか……」

「……色々手続きがあるんですね。お世話になります」

「うん。出店期間はどのくらいにする？」

「じゃあ、まずは七日ほどで」

「わかった。期間内に申請すれば延長可能だよ」

沙霧の準備が終わるまでのあいだ、雪緒のほうでもできることをしておかねばならない。

（まずはなにをしたらいいかな。見世で扱う品を用意しなきゃ……、いや、宵丸さんと連絡を取る方法も考えないと。その前に安全な寝床を探さないといけないか）

あれこれと悩んでいると、「泊まるところがないんだろう？　わたしが安全な宿屋を紹介しようね」と黒狐が軽く請け負った。

そこで沙霧と別れたのち、雪緒は黒狐とともに現在の横丁を抜けて、幽霊屋敷としか思えぬ崩壊寸前の〈かのゑ〉という宿屋へ向かった。このかのゑは黒狐が寝泊まりしている宿屋でもあるという。沙霧はまたべつの宿屋に泊まっているそうだ。

「宿屋の並ぶ道は駕楽横丁というよ。飯楽横丁から三つ目の道だ」

という黒狐の説明に、雪緒は首を捻る。

「辻にはいくつの道がありますか？」

「縦に七つ。中心が飯楽横丁で、御成門から一番近いね。これらの横丁すべてを、箱形にぐるりと提灯の塀が囲んでいる」

「提灯の役割は？」

「雪緒が想像している通り『境』の役割を果たしているよ。皆を閉じこめる檻とも言えるね」

そんな会話をしながら瓦屋根の剥げた棟門をくぐる。

最初に目に映ったのは荒れ果てた庭だ。その正面に武家屋敷風の建物がある。

広々とした土間の奥には帳場らしき板の間が見えるが――。

「荒んでいますね」

格子や机、箪笥は壊れているし、色褪せて破れた宿帳、算盤、筆などは板敷きに転がったまま放置されている。

「雪緒は宿代持ってる？」

黒狐が空気を読まぬ明るい口調で尋ねた。

「銅貨なら……というより、誰もいないようですが」

宿泊客がいるとは思えない静けさだ。そもそも宿の者の気配すら感じない。

なのに時折、みし……みし……と誰かが歩いているような奇妙な音が聞こえてくる。

（これ、絶対に出る）

雪緒は表情を消した。幽霊宿だ。

怪や妖と、幽霊あるいは幽鬼は、まったくべつの存在だ。純粋にこわい。

「机に銅貨を置いたほうがいいよ。無事に泊まりたいのなら」

雪緒は無表情のまま懐から三等銅貨を取り出し、すっと帳場机に一枚乗せた。

（私は一晩無事にすごせるんだろうか……）

生きて紅椿ケ里に戻れる自信がまったくない。

おおいに悲観しつつ、黒狐の誘導で帳場を抜け、板敷きの狭い通路を進む。薄暗い上に床も壁も穴だらけ。注意して歩かないと穴に足がはまって大怪我をしそうだ。

（ほかの宿もこんな荒れ果てた雰囲気なのかな）

通路の両側に大広間、小広間、その向こうに客室が並んでいる。単純な構造なので迷う心配はなさそうだった。

「空き部屋には、戸の横に札が下がっているよ」

慣れた様子の黒狐に、雪緒は怖々と尋ねた。

「白月様は、どこのお部屋ですか？」

「わたしは天神です」

「……天神様のお部屋は？」

「そこ」

「じゃあ私、その横でお願いしようかな」

「んふ。かわいいことを言うね」

黒狐が怪しい笑い声を聞かせる。ふしぎなことに、黒いお面の目もにんまりと笑んでいるような形に変わっている。装着した者の喜怒哀楽を映すお面なのかもしれない。

（それにしても……しゃべり方は微妙に違うけれど、この油断ならない独特な雰囲気は絶対に白月様だと思うんだけれどなあ……）

もしかしてはっきりと正体を明かしてはならない特別な事情でもあるのだろうか。

雪緒は、黒狐の隣部屋の縁に紐で下げられていた木札を手に取り、真剣に悩んだ。

「札はなくさぬようにね」

「はい」

札をひとまず帯に差しこみ、そうっと襖を開ける。

血色の手形が壁や障子につきまくっていたり白骨死体が転がっていたりするのでは、といった悪い妄想を膨らませていたのだが、杞憂ですんだようだ。六畳間の室内は小綺麗に整えられている。奥には縁側に面した障子、右の壁には床の間と違い棚、左には小型の桐箪笥に文机、鉄瓶を載せた箱火鉢がある。そしてすでに寝具一式が出されており、その横に黒漆の膳が二人分、置かれていた。湯気の立つ汁物や白飯、焼き魚などが載せられている。

（いつの間に用意したんだろう……）

これは雪緒と黒狐用の夕餉と見ていいのだろうか？

膳は二人分だが、寝具は一人分。つまりこれを用意した何者かは、黒狐と雪緒がともに食事を取るだろうと見越していたわけで。

「とりあえず食べようか」

ちっとも食欲などなかったが、黒狐が部屋に入って膳の前に腰をおろす。雪緒もそれに倣い、肩からさげていた小袋を脇に置いて座った。

顔の上半分のみを覆うお面の雪緒はともかく、黒狐はいったいどうやって食事を取るのだろう。彼のお面は顔全体を覆う形のものだ。

もしかして、先ほど目の形が動いていたように、口も自在に開くんだろうか……と箸を手に取りながらこっそりと様子をうかがえば、黒狐はごく普通にお面を外して横に置いていた。

（ええー⁉）

黒狐が、目を見開く雪緒に気づいて首を傾げる。

「どうした？」

「ど、どっ、どうしたもなにも――その顔!!　やっぱり白月様本人じゃないですか……！」

「あ、しまった」

正体を隠していたことなどすっかり忘れていました、と言わんばかりの杜撰な対応ではないか。

「もう見てしまったんですから、お面をつけ直しても意味ないです！」

「やだなあ、そんなこわい声を出して。ほら尾や耳の色をよく見てごらん、わたしは白月じゃないよ、天神様だよぉ」

わ、わざとらしい……！

髪や目も黒いが、顔立ちはどう見たって白月だ。

雪緒は箸を握る手に力をこめ、やきもきした。これで別人だと主張されても信じられるはずがない。

(私が怪や妖みたいに妖力を持っていたら、言い逃れなんてさせないのに)

人の子には怪の力の質が見分けられない。それをわかっているから黒狐も嘘を押し通そうとしているのだ。

「いいか、雪緒。実のところ天神という存在には、これという確かな姿はないんだ」

「……えっ？」

突然の打ち明け話に、勢いが削がれる。

「つまりだね、見る者がもっとも心の中で気にかけている存在——その姿で映し出される。それが天神という存在なんだ」

雪緒は、ぽかんとした。

彼の言葉の意味が呑みこめた直後、かっと頬が熱くなる。

……となると、自分の心はいつも白月で占められている、ということにならないだろうか。

「そ、それは……本当ですか？　じゃあ、私の目には白月様として映っているけれど、ほかの方にはまた違う存在として見えることもある？」

「うん、そういうことにしておこうよ」

「待って。なんですかそのすごく雑な返事は！　ひょっとして作り話ですか？」

「どう思う？」

「もうっ、白月様！」

「天神とお呼びよ」

「白月様なんでしょう？　素顔を晒しているのに認めないなんて、往生際が悪いです！」

「頑固だな！　そんなにわたしを天神と呼びたくないのだったら、雪緒が代わりになればいいだろ！」

「私が!?　……って、どうしてそんな話になるんですか！」

このお狐様、わけがわからない！

「どうなんだ、なってくれるのか？」

「なるわけないです！」

「だったらわたしが天神だよ、それでいいだろ！」

「ええっ、なんで!?」

「雪緒が！　天神になるって言うまで！　わたし、白月って呼ばれても絶対にうなずかないから……！」

めちゃくちゃな論をかざして、拗ねた！

（この方、まさか……別人の振りを楽しんでいる!?）

白月本人だと確信しながらも、ほんの少しだけ「でも、もしかしたら本当に違う？」という迷いがある。……迷ってしまう時点で黒狐の策にはまっているも同然じゃないだろうか。

悔しくなって黒狐をじっと睨み据えると、向こうも強気な態度を見せた。

「だいたい雪緒はおかしい。もっとも心の中で気にかけている存在として目に映ると教えたんだから、『あっやっぱり私、白月様を心底お慕いしているんだわ……』と思ってちょっと切ない顔をしてみせたり恥ずかしがったりすべきじゃないか？」

「じゅうぶん動揺しています！」

「全然足りない。こんな調子じゃ、とてもとても、認めてやれないな。もっと考えてから出直してこいよ」

　なぜ雪緒が責められる流れになっているのだろうか。

（心配してここまで来たのに、この方って……！）

　力ずくで誑かされているような気分だ。

　このわけのわからなさこそ白月本人である証拠にならないだろうか？

「さあ、冷める前に食べようね。一応注意しておくが、宿で出される食事以外に手をつけちゃだめだよ」

「問題があるんですか？」

「あるある。どんなに空腹になったとしても屋台での買い食いなんてもってのほか。黄泉竃食いになる――こちらの世のものを食べると現世に戻れなくなるからね」

「……いただきます」

　雪緒もお面を外し、半ばやけになりつつ食事を取った。

「本当は自分で作って食べるのが一番安全なんだけれどねえ。食材の調達が難しいんだ」

　天ぷらを齧りながら黒狐が悩ましげに言う。

「方法はないのですか？」

「なくもない。が、手間がかかるというか。相手の準備を待たねばならぬというか」

「手間……？　あ、ここの筍ご飯おいしい」

……などと意外なおいしさに頬をゆるめてしまったが、なぜ自分はこんなところで黒狐とのんびり夕飯を食べているのだろう。どうしてこうなった。

（危険な辻に迷いこんでいるんだから、もっと慌てるべきなんだろうけれど）

白月――黒狐と再会できたからか、いまの雪緒にそこまでの焦燥感はない。いや、まだ再会できたという実感がないだけなのか。辻の異様さと相まって、夢見心地のような状態が続いているのかもしれなかった。

あらかた食事を終えたのち、お茶をすする。その合間に、眠たげに尾を揺らしている黒狐の様子をうかがう。

（単に私をからかうためだけに正体をごまかしているわけじゃないと、信じたい）

白月はかわいらしい稚気のみで行動するような、純粋な大妖ではない。浅慮でもない。それならやはり、たとえ雪緒に確信を持たれようと否定せねばならない事情がある、と考えるほうが正しい気がする。いや、正体は白月だと知られてもかまわないが、名を呼んではならない、という感じだろうか、この手抜き対応からすると。

（それって、白月様が辻にとどまっている理由にも関係があるのかな）

いまの段階では判断材料が少なすぎてなにが正解かどうも掴みきれない。

ひょっとすると黒狐のほうも、雪緒がここで働くと決断したように、なんらかの手段で脱出に必要な渡し銭を作ろうと奔走しているのかもしれなかった。

「——でも、白月様がご無事でよかったです。私、あなたを捜しにきたんです」

気恥ずかしさを抑えこんで微笑(ほほえ)みかけると、乙女(おとめ)心のわからぬこのお狐様は、しれっとした顔を見せる。

「わたしは天神だよ」

「……天神様がご無事でよかったです！」

「ところで、雪緒一人でここへ来たの？　まさかあの木霊(こだま)野郎を下僕として連れてきたわけじゃないだろう？」

黒狐が、こちらを威嚇するかのように耳をぎゅんっと前に倒して尋ねる。

「沙霧様とは道で偶然お会いしたんですよ。私は宵丸さんと一緒に白桜ヶ里(しろざくらがさと)へ来たんです」

「ふうん。ならその宵丸とやらはどこに？」

「……私だけがなぜか里の境を越えてしまったみたいで。宵丸さんは、脱出方法を探すと言って、別行動を……」

宵丸と連絡を取る方法も早めに考えないと。

「あいつは一対一の殺し合いなら負け知らずだが、妖術(ようじゅつ)が苦手でいささか直情にすぎる。まあそれはそれで、使い道があるが」

しゃべり方がいつもの白月に戻ってしまっている。これはもう本人と断定していいだろう。再会直後も、彼はごく当たり前に「雪緒を知っている」という気安い態度で接してきたのだ。

もしも別人なら、お面のない雪緒をもっと怪しみ、自ら近づこうとはしないはずだった。

こちらの名前も普通に呼んでいるし。

雪緒がじっと見つめると、黒狐は「あ、またやってしまった」というように少し慌てたのち、笑ってごまかした。

(この方はやっぱり本気で正体を隠すつもりがないんだ)

だからこそ、こんなにも雪緒の前で気を抜いている。

「それで雪緒は、本当にこの辻で商売を始める気？」

「渡し銭のためですので」

黒狐が顎に手をやり、考えこむような顔を見せた。

「でも、いったいなにを売る？　まさかその辺に生えている草花を集めるのか？」

「いえ、薬茶を売ろうと思っています。この辻では、どんな品でも売り物になりそうでしたから……」

雪緒は、脇に置いていた小袋の口を開け、札を見せた。

「札で、薬草を作ります」

白月なら雪緒のあやつる術がどういう性質のものか、説明せずともわかるだろう。

実際彼はなるほどとうなずきかけたが、雪緒と目が合うと、ふたたび「あっ参ったな、天神という設定だったよな。すぐ忘れてしまうな」という表情を浮かべ、紫煙をくゆらせるかのようにもっふりした黒い尾を緩慢に動かした。

「術ってなんのことかなあ。教えてほしいなあ」

黒狐が、わざとらしさしか感じない口調でせがむ。

(別人の振りをするにしても、この方はなぜかわいげを出す方向でがんばってしまったんだろう……)

企み好きな狐だから、意表を突くことに全力を注いでいるのか。

雪緒は微妙な気持ちを抱きながら口を開く。

「私は人の子ですので、怪たちのように妖力を持ちません。そこで、蛍雪禁術という秘術を使って薬草類を作り出し、紅椿ヶ里で薬屋を開いています」

「辻でも同じことをするんだね？　でも雪緒が持ちこんだ札には限りがあるだろう？」

「はい」

「ここは朱闇辻。いきはよいよいかえりはこわい……、入ることは可能であっても出るのは難しいという厄介な地だ。手持ちの札を使い切ったあとは、どうやって材料を入手する？」

「作る薬茶は決めています。甘茶なら、さほど手間をかけず、多く作ることができるので……」

雪緒は答えながらも思案する。

本音を言えば、いつまでも辻にとどまる気はない。

　というより、宵丸が戻ってくるまでの辛抱だ。おそらく、長くて数日。宵丸は雪緒が札を所持していること……数日であれば護符を作って身を守れるだろうと予測し、そばを離れたのだと思っている。

　だから、せいぜい明日、明後日をしのげばいい。つまりその程度の日数なら手持ちの札でなんとか間に合う。

　しかし、雪緒はううんと唸って黒狐を見やる。

「なぁに?」

「白月様……、いえ、天神様は辻から脱出されないのですか?」

　雪緒の本来の目的は、彼を捜して連れ戻すことだ。大妖の白月なら手間と時間を費やして渡し銭など用意せずとも力ずくで脱出できそうなものなのに。

「うーん、わたしは、出られないねえ」

「理由をおうかがいしても?」

　尋ねはしたが、なんとなく想像がつく。

　宵丸が懸念していた問題が彼の頭にもあるのではないだろうか。力で突破できなくもないが、それを強行すると瘴気が境界の外まで広がってしまう。白桜ヶ里の内部に蔓延る巨大な穢れがこの朱闇辻を引き寄せる原因となったのだ。だから安全なほかの脱出方法を模索中なのでは。

「だってわたしは天神だもの。無責任にお役目を放棄できないだろ?」

「お役目……どんな？」

「辻を守るお役目だよ」

雪緒は眉根を寄せた。

（辻を守る？）

辻の守護者の役割を持っているためみだりに動けない、という言葉通りの意味で受け取っていいのか。

確かに白月は郷の御館、守り主なので、いまの説明もそう不自然ではない気もするが……。

無視できない違和感に、胸の中がざらつく。雪緒はその正体を探ろうと急いで記憶を掘り起こした。天神、という存在についてどこかで聞いたことがなかったか。

（祟り神と表裏一体の存在とされているんじゃなかったっけ）

なぜわざわざ白月が辻でそう名乗る必要があるのか。

そもそも天神とは、怪や妖がなるものではなかったはずで――。

「いや、どうもね。辻に、お面を持たぬ御霊が数多く出没しているんだよ」

「――はい？」

「深い恨みを抱えた御霊たちだ。予期せず命運が尽きたせいだろう、まともな弔いもされていない。そのため、辻でお面を購う金もなく、自我も見失っている。あちこちに出没しては、潔斎に励む辻の客らを脅かしているんだよ」

という黒狐の言葉を聞き、雪緒は自身の記憶の沼から意識を浮上させた。

「深い恨み……、もしかして、鈴音様に道連れにされた白桜ヶ里の民の御霊が大量にさまよっている？」

「さて、白桜ヶ里でなにがあったかは知らないが」と、あくまで白月と別人という素振りを見せたのち、黒狐は頬にかかった髪を指で払い、微笑んだ。

「よほど強い怨念を抱えこんでいるのか、穢れが増すことすら躊躇せずに他者のお面を剥ぎ取ろうとしているんだよ。この狼藉はさすがに見すごせないよねえ」

その発言に、沙霧から聞いた話が脳裏をよぎる。

（お面つきの者を襲うのは最大の禁忌……）

だが御霊はおかまいなしに辻の客を襲おうとしている。果たして、自我を失っているからだと安易に決めつけていいものなのか。

「疑わしげな顔だね。まあ、その疑念は正しいよ」

「……とすると、無作為ではなくて？」

「うん、御霊をあやつる不届き者がいるんだろうね。そしてその者が禁忌の術を使い、辻と白桜ヶ里を縫いつけてしまったようなんだ」

難しい顔をする黒狐を見て、雪緒は返事に窮した。

（縫いつける？）

こちらが話をうまく呑みこめていないことに気づいたらしく、黒狐は眉を下げる。ぱた……と長い尾も、畳に落ちた。

「どう言おうか……、たとえば人の世には、大禍時、という言葉があるだろ？」

「黄昏時のことですよね？　魔物と遭う刻という意味の」

「そうだね。わたしたち怪の場合は、本来なら重なるはずのない朱闇辻が、なにかの拍子に貝楼のごとく現れることを大禍時と呼ぶ。しかしこれは夕暮れ時に起きる一瞬の交差にすぎないし、そもそもが頻発するものでもない。よほど運の悪い者が足を取られるといった程度だ」

「なのに、一瞬の交差ではすまず、いつまでも辻が不自然に里にとどまっている、ということでしょうか。でも沙霧様が気になることをおっしゃっていましたが……。ここの里が穢れすぎたために朱闇辻とつながってしまったって」

「木霊野郎がそんな話を？　まあ、事実だ。だがそれと、辻が縫いとめられていることとはまたべつの問題だろ」

あ……そうか、と雪緒は納得した。穢れの強さが里に辻を招く結果となったが、引き止める要因にもなったとは限らない。誰かがそれを仕組んだと考えるほうがしっくりくる。

「いったい誰が辻を意図的にとどめているんでしょう。それも辻をさまよう御霊の仕業？」

黒狐は返事をせず、にっこりした。が、話の流れでいくと、雪緒の推測で正しい気がする。

「じゃあ白月様……天神様は、その首謀者を暴くまで辻に残るつもりなんですね」

それがお役目というなら、困った。黒狐を無理やり紅椿ヶ里に連れ戻すわけにはいかない。白桜ヶ里が危うい状態にあり、なおかつ長も不在なら、郷全体の支配者である御館の彼が責任を持つのは当然の話だ。

（解決するまで私もここに残ろうかな。でもそうなると、札不足の問題が……）

かといって黒狐を置き去りにする気にもなれない。差し迫った危険はなさそうだが、安全とも言い切れぬ状況なのだ。

悩む雪緒を、黒狐が楽しそうに見つめる。

「ところで雪緒、護衛はいらないか？」

黒狐が元気よく尾を立ててふるふると振った。雪緒はちょっと警戒した。

「いまの辻はお面をつけていてさえも気が抜けないいんだ。雪緒のようにか弱い娘なんて頭からばくりと丸呑みされかねないよ」

「丸呑み……。ありがたい申し出ですが、お役目のほうはどうされるんですか？」

殊勝なことを言ってみたが、本音は「ぜひお願いします！」だ。別人の振りをしている点はともかく、黒狐がそばにいてくれたらこわいものなどなにもない。

（一緒にいたい気もなくはないし、心配は心配だし）

心の中でさえ素直になれない自分に、雪緒は苦い気持ちを抱く。たまには、正直に真心を差し出すべきじゃないのか。二度と会えなくなってから後悔する前に。

そうひそかにぐっと拳を握ったときだ。

「襲いやすそうな雪緒の隣にいれば霊が自然と集まってきて色々進展しそうだから、問題ないよ！」

「一緒にいたいと言おうとした私の心に石をぶつけないでくれませんか！」

明るくひどい発言をする黒狐に、雪緒は思わず突っこんだ。

「へえ！　雪緒、わたしといたいんだ！」

「護衛をお願いしたいという意味です！」

「それだけ？　そんな感じには見えなかったなあ」

「……心配していなかったら、宵丸さんにどう言われようともここへは来ていません」

おや、というように黒狐が目を見張る。

「私が心配したら変ですか。で、でも白月様は御館だし紅椿の里長でもあるし皆も心配していますし、それなら私だって心配してもいいじゃないですか。再会できて、どれほど私が安堵したか、白月様はちっともわかっていない！　だいたい白月様は日頃の行いが……、行いが、すごくいけないと思います！　もう少し心を打ち明けてくれたら、私だってこう、あと一歩踏み出せたり、傷つく覚悟も持てたりするかもしれず」

熱弁を振るうと、黒狐はしばしぽかんとした。

「……つまりわたしはいま、雪緒に口説かれている？」

「違います。……忘れてください」

「そ、そお？」

黒狐が、機嫌をうかがうようにゆるゆると尾を振る。雪緒はべたりと崩れそうになるのを気力でこらえた。

（失敗した。白月様に引かれている）

ほら、これだ。白月は復縁を申しこみ、誠実に愛し抜くと誓う一方で、雪緒がちょっとでも素直に向き合おうとすると、すっと身を引く。少なくとも鈴音を倒す前まではあからさまにこちらを骨抜きにしようと目論んでいただろうに、いまになってなぜそんな躊躇を見せるのか。

（私が意固地な態度を取り続けていれば、安心した様子で熱心に口説いてくるくせに）

その思わせぶりな態度さえ計算されたものであったなら、どうすれば。

「でも雪緒、わたしは白月じゃなくて天神だから。間違うなよ」

「……」

こんなもふもふがほかにいるか。雪緒は内心逆上し、とっさに腕を伸ばして彼の尾を鷲掴みにした。ぴぎゃ、と黒狐の毛並みが逆立つ。腹の虫がおさまらないのでこのまま揉んでやる。

「や、やめなさい、雪緒。なんてことを。おまえはそこまでいやらしい子なの!?」

「ええそうですね、そうなんですよ。見知らぬ狐の尾の毛をむしる悪い娘なんですよ」

本気でむしってやろうとしたら、尾で勢いよく顔を叩かれた。

このお狐様は、本当に雪緒を妻にする気があるんだろうか……。

「わたしに毛をむしられて喜ぶ趣味はない！　いいか、雪緒は疲れているんだよ。少し休むといい」

黒狐は自分の尾を守るように両手でぎゅっと抱きしめると、障子側へ逃げて雪緒から距離を取った。

「わたしはちょっとそこらを見回ってくる。すぐに戻って来るからね、安心おし。……念のために忠告するが、ここは日が昇らず、空の色も変わらないので気をつけるんだよ」

雪緒は戸惑いの目で彼を見つめた。

「空が変化しないならどうやって一日の区切りを知るんですか？」

「時の巡りは、そこにある紙風船の状態で判断する」

黒狐が指差す方向を確かめ、雪緒は眉をひそめる。

文机の上には、潰(つぶ)れかけの紙風船が置かれている。これでどうやって時間の経過を知るのだろう。

「丸く膨らんでいたら、昼。夕暮れにかけて潰れていき、朝にはふたたび膨らみ始める」

「月の満ち欠けみたいに？」

「勘がいい。正式には、月見船というんだよ、それ」

月を見ることは、暦を読むということでもある。吉凶も占う。そこから名づけられたのだろう。

しかし見た目はただの紙風船だ。この朱闇辻では、ふしぎこそが日常らしい。

「そら、そろそろ黄昏時だ。こわいものが来るかもしれないよ。しっかり戸を閉めておきなさい」

「……脅かさないでください」

「脅かしてなんかいるものか。誰が来ても、開けるなよ」

この黒狐以外に雪緒を訪れる者なんていない。……別れたばかりの沙霧が来るとも思えないし。

「ですが、水をもらいたいときはどうすればいいでしょうか？　あと、炭もほしいです」

術に使用する札を作る際、必要になる。

「火鉢を使いたいのか。それなら……、誰かいるか。水と炭を」

黒狐が障子の向こうへ呼びかけた直後、誰かがこちらに向かって歩いてくる音が近づいてきた。きしきしと、障子の外の板敷きがその歩みに合わせて軋んでいる。

足音は雪緒の部屋の前でとまった。障子にぼんやりと、獣耳を生やした童子二人の影が映っている。彼らは手になにかを持っているようだった。

「炭は、火箸でつつけば燃えまする」

「ひとりでに燃えまする」

小柄な影からは想像できない低い声で童子たちはそう告げると、手に持っていたものをごとりと雪緒の部屋の前に置き、また軋み音を立てて去っていった。

「……いまのはお宿の者ですか？　無人じゃなかったんですね」

「そりゃあ、無人のはずがない」

黒狐はおかしそうに答えると、お面をしっかりつけ直したのち障子を開けた。水入りの徳利と炭入りの火熾し器が板敷きに置かれている。それらを黒狐が室内に移動させる。

「これでいいか？」

「は、はい。ありがとうございます」

「じゃあわたしは行く」

部屋を出ようとする黒狐に向かって、雪緒は少々ためらいながらも「いってらっしゃいませ」と声をかけた。とくに反応を期待していなかったから、黒狐が驚いた様子で振り返ったことに雪緒も驚かされた。

「……ああ、うん。いってくる」

「はい」

お面でわかりにくいが、戸惑っている？　というよりは照れている……？

(見送りが嬉しかったとか？)

黒狐は、ふるっと太い尾を一振りすると、縁側へ出て、後ろ手で障子の戸を閉めた。

障子に浮かぶ黒狐の影が遠ざかるまで見守ったのち、雪緒は知らず詰めていた息を深く吐き出した。

　自分がずっと気を張っていたことに、いまさら思い至る。もちろん、奇々怪々たる場所に迷いこんでいるのだから緊張し通しで当然なのだが、それが理由のすべてではない。

（とりあえず白月様……天神様の状況とお役目についてはわかった。あの様子なら心配する必要はなさそうか）

　なら、あとは自分の身の安全を考えればいいわけだが、黒狐のことが気になってしかたがない。できるなら一緒に脱出したい、それまでは自分もここにとどまりたい――そんな願望がわき上がってくる。

　雪緒は芽を出したがるひそかな恋心を押さえつけようと、必死に理屈をこねくり回した。そばにいたいと思うのは、まだ白月本人だという言葉を聞けていないためだ、それでなんだか去りがたい気持ちが生まれるのだ。

（辻脱出のときまで私が目指すのは、宵丸さんが迎えにくるまで無事にすごすこと、白月様から しっかり言質を取ることだ）

　そう目標を決め、雪緒はそれ以上深く考えることをやめた。あぁ苦い恋だ。行動のひとつひとつに言い訳が必要だなんて……。ふっと胸によぎった声から耳を塞ぎ、自嘲する。

（宵丸さんに、考えすぎるなと諭されたことがあったな）

　正しい指摘だと思う。考えすぎるとろくなことがない。

気持ちを切り替えるため、雪緒はさっそく札作りを開始する。黒狐に「少し休め」と言われたことはすっかり頭から抜けている。

まずは小袋から顔料入りの容器や筆、札の束を取り出し、文机に並べる。硯は部屋にあったものをありがたく使わせてもらう。

童子が運んでくれた徳利の水を皿代わりの容器の蓋に注ぎ、顔料をとく。黒狐に説明した通り、術で生み出すのは甘茶と呼ばれる植物だ。紫陽花によく似た低木で、本来の収穫時期より少々早い。が、術製のものだし、すぐに摘むつもりなのでかまわないだろう。

今日はいつものように必要な分量だけじゃなくて、甘茶の木まるごと作るつもりでいる。となると札も一枚では足りず、二十枚ほどを一気に消費することになる。

しかしすべてに甘茶の図を記すわけではない。一枚に描き、ほかの札には「戴」の文字を記す。これは大きな数を示す文字で、直截に言うなら「上乗せする」の意である。

「千早ぶる火水にもかけはらいてきよめにきよめ加々のませ……」

札にさらさらと筆を走らせ、次に、炭に火をつける。

(確か、火箸でつつけば燃えるんだったか)

普通の炭ではないのだろう。箱火鉢にさしてあった火箸を取り、指示を守って器の中の炭をつつく。すると切り口部分の割れ目が菊花のごとく赤く染まった。その菊炭を火鉢の灰へと移す。札をあぶり、からからにしたのちは、小刀でトントンと刻む。それを煙管の雁首に詰めこむ。

作業中に、障子の外からふたたび軋み音が響いた。誰かがこちらへ近づいてくる。

もう黒狐が戻ってきたのか、それとも先ほどの童子たちかと、雪緒は作業の手をとめて様子をうかがった。

板敷きの軋み音は、雪緒のいる部屋の前でとまった。

ところが障子になんの影も映らない。

いったいなにが障子の向こうにいるのか――背筋がぞくっとする。

「もうし、もうし」

障子の向こうから細い声で呼びかけられ、雪緒は硬直した。

「もうし、そこにおられますか」

幼げな娘の声だ。

小刀を握ったまま固まる雪緒の手が、じっとりと汗ばむ。

(これは返事をしちゃだめだ……！)

きっと物音さえも立ててはいけない。

「おとや、おと。そこにおられますか。おられますでしょう」

雪緒はぐっと奥歯を噛(か)みしめる。「おと」とは妹の意である。親しげに妹と呼びかけてくるところがいかにも怪しい。

「一寸お返事なさいまし。おられますでしょう……」

呼びかける娘の声が、しだいに強くなる。それと同時にがたがたと強風に晒されているかのように障子が揺れ始めた。娘が戸を開けようとしているのだ。

「お顔を見せて。お会いしたいの。ひと目でもよい、お顔をのぞかせて」

雪緒はうなじが汗ばんできた。

（白月様、早く戻ってきて！）

こんなことなら無理にでも彼についていけばよかった。後悔が生まれるが、どうにもならない。

「お返事なさい、おまえの名を呼んであげる……」

名を呼ばれたら魂を奪われそうだ。雪緒は青ざめながら息を殺して障子を見つめた。しだいに障子の揺れが激しくなる。空気もぐんと沈んだよう。雪緒は座った体勢のまま後ずさりした。

白月様、早く！

そう心の中で叫んだ瞬間、ふいにぴたりと障子の音がやんだ。

「ああ、口惜しい」

障子の向こうの娘が、恨みがましい声でつぶやいた。

「おとや、おまえをあきらめぬ」

執着心のにじむ不気味な言葉が静寂の中に落とされたのち、ふっと圧迫感が消え失せた。

（……いなくなった？）

いぶかしむ雪緒の耳に、ふたたび板敷きの軋み音が届く。

しかし今度は、荒々しい足音とともにだった。あっと思う間もなく障子が開けられる。

現れたのは、胸中で思い描いていた元旦那──といっていいのか、黒狐である。

「いま、誰が来た」

黒狐はずかずかと部屋に入ってくると、乱暴に障子を閉め、雪緒の前に身を屈めた。

「誰かが来ただろう。死臭をぷんぷん漂わせる亡者が！」

雪緒の肩を掴み、黒狐が鋭い声で言う。

死者という言葉に、雪緒は顔を引きつらせた。

「き、来ました。もしかしていまのは、辻にさまよう白桜ヶ里の民の御霊ですか？」

まさか雪緒の肝を狙いにきたのか。その可能性に思い至って雪緒はぶるりと身を震わせたが、
黒狐は答えず、代わりに早口で問いを重ねる。

「なにも答えていないいな？」

「はい」

「あぁ、それでいい。よいこだな、雪緒。おまえはよくわかっている……」

黒狐が力を抜き、雪緒の身を自分のほうへゆるく引き寄せた。

「そうとも、おまえ様は俺の声以外に答えなくていい。誰の声にも耳を貸す必要などない」

どこか安堵のまじる甘いささやき声に、雪緒は動揺する。

「白月様……？」

　おそるおそる名を呼べばそこでようやく我に返ったのか、黒狐は、はっと腕の中の雪緒を見下ろした。おもしろいことに、狐のお面が焦ったような顔に変わっている。

「違うよ、わたしは天神だよお！」

「……」

　雪緒は一瞬前までの恐怖を忘れ、光のない目で彼を見た。

　まだごまかすつもりか、このお狐様。演技を忘れて素の態度を取っていただろうに！

　憤りをこめて黒狐の胸をぐいと押し、雪緒はその腕の囲いから逃れようとした。

　それにむっとしたらしく、黒狐がすぐさまふたたび雪緒を引き寄せる。

　再度押しのけようとするも、今度はそうさせてくれない。

「私、見知らぬ方と気安く触れ合うつもりはありません」

「そうだよね、雪緒は身持ちがよい」

「わかっているなら離してください」

「はいはい」

　どこか嬉しそうに黒狐がぱっと手を離す。あぁ、この恋が苦い。

「わたしを何度も白月と呼ぶなんて、よほどその名の男が好きなの？」

　ためす口調で問われ、雪緒は彼のお面を剥ぎ取りたくなった。

「好きではありません！」

まさかこのお狐様は雪緒に好きと言わせたいがために別人の振りをしているのでは。そんなばかな疑いを持ってしまう。

「でも、わたしの姿はおまえの目に、白月という男として映るんでしょう？」

「いいえ、天神様のお姿は、図抜けていかつく、野蛮で危険な熊男に見えています」

ひねくれた返事をすると、黒狐が喉の奥で笑った。

「わたしはいかつくて野蛮なの？」

「ええとても。丈は七尺、肉は厚く骨は硬く、身の重さは地に沈む大岩のごとく……」

「そうか。そんな魁偉なるわたしの腕におまえの丈はちょうどよく、濡れた夜のような色の瞳は宝玉と見紛う輝かしさで……」

「やっ、やめてください！」

「なぜ？　おまえに合わせて話してやったのに」

お面の裏できっとにやにやしているだろう性悪な黒狐を、雪緒は睨みつける。

得体の知れぬ怪しげな者が接触してきたというのに、他愛のない化かし合いに興じてどうするのか。

（私のことなど好きでもなんでもないのに、色っぽい声を出しちゃって！）

思わせ振りな態度に対する苛立ちが、雪緒に余計な一言をこぼさせた。

「女心をちっとも解さぬ朴念仁のくせに……」

「……」

一瞬空気が凍った。

「あっすみません、本音が漏れました」

焦る雪緒に、黒狐がずいと身を寄せる。

「……おまえ、単なる軽口じゃなくて本気で朴念仁だと思っていたのか？」

前にも言われたことを忘れていないらしい。

雪緒は目を逸らした。

（しまった、お面をつけていればよかった）

食事時に外したままだ。

「──いや、わたしもね、繊細な狐心をいささかも！　解さぬ鈍い娘が知り合いにいて、なにをすればわかってもらえるのかと日々頭を悩ませているんだが。なあ、どうすればいい？」

雪緒は愕然とした。負けず嫌いだ、この黒狐！

「……。へえー、天神様をそんなに悩ませる方がいるんですか。天神様を！」

悔しいので、あえて天神と強調してやった。

張り合ってどうすると思ったが、引くに引けない心境だ。

白月本人だと認めない彼が悪い！

「あぁそうとも、狡猾な狐に妙な甘ったるい執心を持たせておきながら冷たく袖にしてくれるひどい娘だ。ただの間抜けな小者でいればいいものを」

黒狐の尾が腹立たしげにばしばしと畳をせわしなく打つ。

「間抜けな小者!?」

歯に衣着せぬひどい表現に反応しかけたあとで、雪緒はふと黒いお面を凝視する。

いまなんて。執心？

(私に？)

まさかそんな。

逆だろう、彼は雪緒に執着させようと企み、暇さえあれば誑かしてくるのだ。

いや、だが確かに白月は雪緒に対してある種の執着を持っているように見える。けれどもそこに甘ったるさなどかけらもない。いかにもなにかの目的のため、私益のために雪緒を手に入れたい……そう言わんばかりの打算ずくめの態度を彼は取ってきた。

だから雪緒は純粋な恋心でその手を取ることができずにいる。そうであるはず。

「……失言だった。気にするな」

温度のない声で黒狐が身を引こうとする。雪緒はとっさに彼の腕を掴もうとし――間違って尾を握ってしまった。「ひっ!?」と黒狐が小さく呻き、尾を膨らませる。

おかげで、はりつめていた空気が微妙なものに変わってしまった。

いま、せっかく大事ななにかを掴みかけた気がするのに。

これでは黒狐の評通り、間抜けな小者そのものではないか。

黒狐は動揺した自分をごまかすように「いやらしい……っ」と叫んだ。しかしそもそもは、せわしなく動かしていたこの尾が原因じゃないか。手を伸ばしたときに、ちょうどいい位置にあったせいで！

が、黒狐はそう思わなかったらしい。

「雪緒はもしかして、誰彼なしに愛想を振りまいて尾をにぎにぎしているのか。本当すけべだな、おまえって」

このお狐様をすごくどうにかしてやりたい、という衝動が膨れ上がる。

だいたい、いつもいつも好き放題振り回してくれて、どれだけこちらが戸惑っているか！

「……。天神様のこの尾、元旦那様の尾にとてもよく似ているんですよね。瓜二つというほどですよ」

雪緒は淡々と言った。

「ん……？　んん……いや、狐の尾などどれも似たり寄ったりではないかな……？」

「違います」

どうやら雪緒が静かに立腹していることに気づいたらしく、黒狐は警戒の態度を見せた。

「聞いてくださいますか天神様」

「なにを……」

「私の元夫の白月様は十六夜郷の長なんですが、これでもかというほど冷酷で意地悪なお狐様なんですよ。乙女心を笑いながら踏みにじるくらいの冷血漢！」

「冷血漢……、そ、そこまでではない……ないだろう？」

怖じ気づく黒狐を、雪緒は重い目で見据える。

「いいえ、嘘偽りなんて申しません。私、白月様とはお見合いで結婚したのですが、婚儀の日以降、ろくに顔を見せにも来てくれず、離れにぽつんと取り残されまして」

「ふうん」

「文を送っても、一度たりとも返事をもらえませんでした。慰めにきてくれる子狐たちの憐憫の目が本当にいたたまれませんでしたね」

「……なにか、きっとその白月とやらにも深い事情が……」

「ええ、そう思って耐えました。郷の長ですもの、多忙で当然です。けれども私、わずか二ヶ月でお屋城から追放されたんですよ！」

「……」

黒狐の耳が、きゅっと後方に垂れている。

「しかも、元旦那様と恋仲の噂のあるとても美しい妹狐様に、用無しと笑われて！」

「いや、それは誤解……」

「誤解であろうとなかろうと、言い訳のひとつくらいすべきです。でもその後、まっっったく会いにも来てくれませんでしたよ!!」

「…………雪緒、こわい……」

いまや雪緒のほうが、ぐっと身を乗り出している。

「その半年後、元旦那様ったらいきなり再婚の申しこみをしてきましたからね。ちっとも悪びれずに」

「落ち着こう……？　雪緒、落ち着こう……？」

「これで一生愛するとか言われましても！　素直にうなずけますか、天神様」

「こう聞くと、冷血漢かもしれないような……、違うような……」

「でも、元妻の心を知らぬ無情な元旦那様がある日行方知れずになったんです。私、とても胸を痛めて、こうして捜しにきたんですよ！」

「いや待てよ。宵丸に連れてこられただけだろ。ここぞとばかりに誇張しやがって」

ぶつくさ言っているのを無視して、雪緒は強い口調で話を続けた。

「なのにその冷血漢で非情で極悪なお狐様は、そんな私に向かってなにをしたと思いますか」

いまここで、黒いお面をかぶってにこやかに天神とか名乗っている。

黒狐の耳と尾がこまかく震えていた。許してと言いたげだが、怒りとは、急に止まれぬものである。

「あ、あー、その、雪緒、そうだ！　おまえ、屋台の準備！　しないといけないだろう？　わたしに手伝えることはあるかな！」

分が悪いと悟った黒狐は強引に話を変えようとした。

「……」

「雪緒……さん。わたし、よかったら手伝いをしてやってもよいよ……」

「……」

雪緒は無言で威圧した。

「……。そうだな、悪い狐だな。雪緒が正しい」

黒狐がそうっと尾を揺らして雪緒の反応を見た。

「では、雪緒はその悪い狐を見限るか？」

少しばかりしょんぼりと黒狐が問う。そんな儚げな雰囲気を見せたってほだされるものかと思うが、見限るという言葉を雪緒はどうがんばっても口に出せそうにない。

「天神様が私の立場なら、どうしますか？」

「祟る」

「えっ」

「それか殺す。そんな不届き者は滅ぼす」

即答された。

「い、いえ……殺す以外で……」

雪緒が勢いをなくして狼狽（ろうばい）すると、黒狐がお面の奥で苦笑した。

「わたしに言えることがあるとすれば、そうだな、そんな冷血漢は今後も絶対に信用してはいけないということかな」

「……なぜ？」

「おまえはなにも間違っていないよ。信じるな。受け入れるな。愛するな。いつまでも袖にしておやり」

雪緒は息を呑む。そんな答えが返ってくるとは思ってもいなかった。

「ほだされたら終わりと思え。骨までしゃぶられるぞ」

いまの言葉は、彼の本心であり忠告のようにも思える。

「雪緒がその白月を傷つけることは難しいだろうから、存分に仕返しをしてやればいい」

「仕返し、って」

「身を切り裂くような孤独を与えてやれ。雪緒が拒み続ける限り、その白月は私欲の味しか知らぬ下種でいるだろう。ふさわしい生き方ではないか」

「でも……優しいところもちょっとあって」

なぜ庇（かば）うような発言をしてしまったのか、自分でもわからない。

さっきまではあんなに責めたい気持ちでいたのに。

「人の子は、つくづく心がやわらかいのだなあ。そうまでひどい目にあっても許せるのか」

「……私はただ、少しだけ、恋を」

雪緒はそう言いかけて口を噤んだ。

苦いだけの恋を手放せずにいる。許す許さないの前に、ただ恋を知ってしまっている。

黒狐は少しのあいだ押し黙った。やがて困ったように吐息を漏らす。

「恋など、食えないよ」

「食べるものではありません」

「いや、膿か、毒か、牙を衰えさせる錆か。そんなろくでもないものだよ。白月という無慈悲な狐は決して食わない。噛み砕いて吐き捨てるか、逆に呪詛として返すか。色恋に蝕まれることをかけらも望んでいない。蝕まれるはずもないと。その身まるごと欲でできているような狐なら、そう考える」

はっきり否定され、雪緒はなんだか泣きたくなった。

やっぱり黒狐は……白月は、雪緒の恋心に気づいている。胸の中に、もしかしたらという淡い期待と希望があることを見抜いているのだ。

いまわかりやすく拒絶してみせたのは、彼のなけなしの良心か、憐憫か。

どうせなら恋を捨ててしまえと催促されるのがこわくて、雪緒は視線を落とした。

「……屋台の準備をしたいので、ちょっと部屋から出てもいいですか？」

急に話を変えた雪緒を見て、黒狐が尾を振る。

逃げたと気づかれただろうが彼はそれを指摘せず、少し考えこむようにお面の顎を撫でた。

「この時刻に一人で部屋を出るのはだめだ。宿の中だろうと危険があるよ」

「術を使いたいんです。甘茶の低木そのものを作り出すつもりですので、部屋の中だと難しい」

「なるほど。地に根を生やすのか。それは庭でやったほうがいいね」

雪緒はうなずき、お面と、術に使うための煙管を手に持った。

自分の指がかすかに震えていることには気づかぬ振りをした。

✽

庭に甘茶の木を作り出し、葉を摘んで洗って干してと、下準備を終えたあと。

雪緒は黒狐に頼んで、宵丸と別れた場所の近くまで同行してもらった。

といっても、行けたのは夕顔の蔓が巻かれた「朱闇辻」の木の鳥居のそばまでだ。

「あそこは渡し銭がなければ通れないよ」

鳥居に近づこうとする雪緒を、黒狐がとめる。

雪緒は困った。もしかしたらもうすでに宵丸が戻ってきているかもしれない。あの場に雪緒がいないと知れば、彼なら無茶をやりかねなかった。

「なにか、向こう側に知らせを出す方法はありませんか？」

「ないよ」

即答に、雪緒は違和感を抱く。本当だろうか。

「あきらめな、雪緒。いまはわたしもおまえも辻の者だ。……さ、戻るよ。この場に長居はしないほうがいい。御成門の外には、嫌な気が集まりやすいんだ」

黒狐はそっけない口調で言うと、未練たっぷりに鳥居のほうを眺めていた雪緒の袖を引いた。

「でも」

「でもじゃありません。帰れぬものは帰れぬ」

黒狐の尾の動きがせわしない。雪緒は考えた末、渋る黒狐に頼みこんで、しばし立ち止まってもらった。懐から鈴を取り出して、えいと鳥居のほうへ転がす。

鈴は音も鳴らさずにころころと転がり、鳥居を渡っていく……。

(見つけてくれるといいんだけれども)

あの鈴は、以前に宵丸からもらったものだ。

「ほら、もうだめだ。こちらへおいで」

振り返ることさえ許さぬというように、黒狐は雪緒を自分の胸に抱えこんだ。

◎肆・して、其の子は知らず磐境に

それから、日の巡りを知らせる月見船が幾度か潰れて膨らんだのち――。

「いらっしゃいませ。悪も虫も瘴気も除ける効能確かな甘茶です。どうぞ、お試しくださいませ」

雪緒は震えつつ、百目の妖に似た不気味な真っ黒い客に甘茶を用意していた。

意外にも、と言っていいのか、なりゆきで始めることになった雪緒の床見世〈茶売り　かん露屋〉はほどよく繁盛していた。

❁

見世の場所は最初に朱闇辻へ迷いこんだときに見た一ノ通り、飯楽横丁の八軒目。

そこに沙霧が、山車に近い作りの屋台を用意してくれたのだ。

立派なお屋根にはドンと出目金の飾り物。なぜか纏や卒塔婆、柳の枝などもざくざくと屋根に突き刺さっている。粗削りのこけしや衣装人形までも突き刺さっているが、そういう奇妙なあれこれは見なかったことにして――それらを屋根ごと、ぐるりとでたらめに、赤と白の注連縄(しめなわ)で蝶々(ちょうちょう)結び。軒にぶら下がるのは黒いのれんに提灯(ちょうちん)、水引、紙花の細工物。台車部分には、菊花を模した大きな赤い車輪。

華やかで不気味なこの屋台は、もともとはべつの主人が使っていたらしい。が、先日「床払い」したので、格安で譲ってもらったという話である。この場合の床払いとは、病などが回復したという意味ではない。様々な事情で辻(つじ)を離れることになった、という意味だ。

気のきく沙霧は屋台だけではなく、装束も用意してくれた。蓮(はす)が浮かび、金魚が泳ぐ黒地の広口袖(そで)に、こっくりとした印象の緋袴(ひばかま)。文字通り、袖の中を、白や赤の金魚がひれを揺らめかせて泳いでいる。時折、布地に水紋が淡く広がる。ただの模様ではないということだ。

「雪緒さん、気をつけてくれ。これは邪気払いの衣です。袖に泳ぐ金魚が消えていたり死にかけていたりしたら、周囲の瘴気がそれほど強いという意味だ」

沙霧の説明に、黒狐(くろぎつね)も口を挟む。

「わたしの衣に咲く梅の花も、それと同じだよ。すべて散ってしまったら瘴気に負けたという意味になる。あと、宿の部屋以外では決してそのお面を外さないように」

雪緒は神妙にうなずいた。そして、見世を開くことになったわけだが――。

「甘茶一杯につき一等銅貨一枚って、ぼったくり価格もいいところ……」

雪緒は、客にいつ「ふざけるな、高すぎる」と怒鳴られるかとひやひやだ。

　甘茶は少量の葉で数杯分淹(い)れられる。手軽に数を稼げると考えてこの茶葉を作ることにしたわけだが、雪緒の本来の見世〈くすりや〉で出すとしたら、まずこんな高値はつけない。仮に一日三杯飲用するとして、三日分の茶葉で三等銅貨二枚。普通はこのくらいが適正な値だ。

「良心が……」と、怯(おび)える雪緒に、あははと黒狐が明るい笑い声を聞かせる。彼は屋台の中に運びこんだ自分用の椅子に腰掛け、まったりと休憩している。

「むしろ雪緒は良心的だよ、わたしならもっと吹っかけるのに！」

　このお狐様は安定してひどい。

　しかし、なぜか黒狐同様に椅子を運びこんで腰かけている沙霧も同意する。

「僕なら最低でも銀貨一枚は取りますよ」

　この木霊(こだま)様もなかなかひどい。

「だよねえ。安すぎるよ」

　うんうんとうなずいて尾を振る黒狐に、沙霧がお面越しに視線を向ける。

「ええ。人の子が作った薬茶ですし。しかも清めの呪文(じゅもん)で作った茶葉なんでしょう？　へたな魔除(まよ)けの札を使うよりよっぽど潔斎の効果が期待できる。宣伝すれば行列ができますよ」

「え、そ、そうですか……？」

　雪緒は、ちょっと値上げしようかな……？　と一瞬血迷いかけた。

（いや、だめだめ。欲をかきすぎたらあとで大変な目にあうんだ）

ぐっとこらえたとき、客が屋台の前に立った。頭の半分割れた、黒豚の顔を持つ客だった。割れた部分にはなぜか藁がみっちりと詰まっている。

背丈は四尺ほどあり、二足歩行。修行僧のような法衣を着用している。ただし、前と後ろ、逆に。象のお面をつけているが、それも後頭部側だ。顔が見えてしまっていてもお面を装着しているという事実があれば問題ないらしい。

雪緒はお面の裏で頰を引きつらせながらも「いらっしゃませ」と優しく言った。

容姿がおそろしかろうが美しかろうが、客に上下はない。

「ここはお茶売り、かん露屋でございます。あしきこと、まがまがしきことすべてを清め祓う甘いお茶はいかがですか？　一杯につき、一等銅貨一枚です」

短く口上を述べると、ぐあおお、なのか、ごあああ、なのか判別できぬ地響きのようなこわい声でその客に返事をされた。

雪緒の恐怖が衣の袖に泳ぐ金魚にも伝わっているのか、動きがせわしない。一匹、勢いよく跳ねて布から飛び出したので、雪緒は仰天した。すると背後に座っていた黒狐がひょいと手を伸ばし、その金魚を捕まえて雪緒の袖に放りこむ。

「気をつけて」

彼の狐のお面が、にんまりしていた。

（か、帰りたい……！　里に帰りたい……っ）

宵丸はいったいなにをしているんだろうか。いますぐ迎えにきてほしい。

現実逃避しかけていたら、その客が、ちゃりと音を立てて見世台に一等銅貨を置いた。飲むのか。

雪緒は震え声で「まいどあり」と言うと、台の下に置いている箱鉢から鉄瓶を持ち上げ、木の杯に甘茶を注いだ。それを「どうぞ」と客に差し出す。

客はその場で飲まず、大事そうに両手で杯を抱えて去っていった。

ほう、と雪緒は小さく息を吐く。

どこもかしこも不気味でふしぎな横丁だ。絶えず夕闇。通りは行き交う客で賑わい、がやがやとしているのに、ふいに静まり返ったりする。目を向けた瞬間、急に誰もいなくなるのだ。しかし次の瞬間にはまた、道に大勢の客があふれ出す。

通りを挟んだ向かいの見世は射的屋で、玩具の鉄砲で的代わりの鯛を撃つ。鯛はびちびちと尾びれを必死に動かしている。その左隣は、ヤモリのような、小鬼のような……妙な形の食べ物を売る串焼き屋。笠をかぶった虎のお面の店主がせっせと網で焼いている。

右隣の見世は、なんだろう。色とりどりの丸い玉のようなものを、水をはった桶に入れて売っている。あれは確か——確か、ヨーヨーだ。その隣は手ぬぐい屋、氷菓子屋……、どの見世もなにかが少しずつおかしい。いや、おかしいのは購う客のほうなのか。ヨーヨーも手ぬぐいも食べ物ではないのに、大口を開けてばくりと飲みこんでいる。

ずっと通りを眺めていると、おかしいのは自分の感覚のほうではないかという不安が押し寄せてくる。雪緒は顔を背け、見世台の下に置いている火鉢の様子を確認した。

そのとき、新しい客がやってきたのに気づいた。

雪緒は慌てて顔を上げ、「いらっしゃいませ」と告げた。

今度の客はぬるりとした肌を持つ……蛸入道だった。こちらもまた、狸のお面を頭に載っけているような状態で、ろくに顔を隠せていなかった。そこに立っているだけでも生臭い匂いがぷんぷんと漂ってくる。心なしか、通りをゆく客たちも蛸入道の近くを避けているように思えた。しかし太っ腹な客で、三杯も購ってくれた。

次に来たのは、琵琶お化け。身体は人間で、頭部分が琵琶。腹板の真ん中にぎょろりとした目がひとつある。着物は美しい菫色だ。手のひらより小さな熊のお面を糸巻部分にぶら下げている。

こちらは厄介な客だった。茶を一杯、と頼まれ、すぐに用意すれば、「ちょっと、高えよ」と文句を漏らす。

「たった一杯で一等銅貨を寄越せと言うかよ」

とうとう因縁をつけられてしまった。実際高いと雪緒も思うが、黒狐たちの話によれば、これでも安価なのだという。彼らの感覚が正しいのか、それともやはりぼったくり価格なのか。いまいち掴み切れないが——よくよく見ると、およそどこの見世でも支払う銭は銀貨か一等銅貨あたりである。黒狐たちの主張のほうが正しい……気がする。

「すみません、ですがこちらは秘術で作った特殊な甘茶なんです。効果のほどは確かです」

ここで臆してはつけこまれる。雪緒は不安を押し殺し、やんわりと言い返す。

「でも高いよ。なあ、まけろよう」

ずいと見世台のほうに身を乗り出され、雪緒は内心うろたえる。

「お客さん、揉め事はよしてくれ」

見世の中でまったりとくつろいでいた黒狐がふいに口を挟む。優しげだが、ひやりとする声音だった。

琵琶お化けは一瞬怯んだが、恨めしげにふたたびこちらを睨みつけると真っ赤な舌を伸ばし、見世台に載せていた甘茶を椀ごと、べろりと飲みこんでしまった。

「試飲だよ、試飲。あんた、初顔の商人だろう？　だからちゃんとした品かどうか、確かめてやったんだ。だがこんなんじゃまだまだだよ。もっと精進しな」

呆気に取られていたら、いつの間にか雪緒の背後に立っていた黒狐が腕を伸ばし、逃げ出そうとしていた琵琶お化けの鶴首を乱暴に掴んだ。

「よせ、と言ったのに、聞き分けのない……」

離せ、離せ、と琵琶お化けが慌てふためく。

黒狐は手を離さず、さらに力を入れていた。腹板にびしりとひびが走るほど。

「試飲だなんてよくもまあ。わたしのかわいい狐の子をみくびるなよ?」

黒狐が冷たく言う。

雪緒はしばし固まってしまったが、彼の言うかわいい狐の子とやらが自分をさしていることに気づき、驚いた。顔半分を覆う白い狐のお面をつけているのでそう呼んだのだろう。

(……照れていいのか、怯えるべきか)

そういえば白月は意外にも、雪緒のあやつる蛍雪禁術を高く評価している節があった。残念だが雪緒の能力が突出しているわけではない。術で草花や生魚などを作り出してしまうこの禁術自体がすごいのだ。

「図々しい琵琶野郎だな。まともに徳を積もうとせぬから、お面もそうまで煤けているんじゃないか?」

黒狐が蔑みの声で琵琶お化けを責め立てる。彼の暴言をとめるか否か迷っていると、それまで我関せずの様子で静観していた沙霧が呆れたように鼻を鳴らした。

「やれ、やってしまえ狐。殺してしまうがいいですよ」

「沙霧様、殺し合いを私の見世で推奨しないでください!」

思いがけない沙霧の好戦的な返しに、雪緒は目を剥いた。

しかし沙霧は雪緒の制止を無視し、わずかに顎を上げて笑った。彼は椅子に座っている状態だったが、それはいかにも黒狐を見下すような仕草だった。

「あ、すみません。他者を化かすのには長けていても、しょせんおまえなんて非力な狐野郎でしたよね。能力以上の結果を求めようとするとは、僕のほうが配慮に欠けていたな。僕なら軽く殺せるものだから、つい」

沙霧の流れるような皮肉に、雪緒は固まった。

黒狐も動こうとしない。その沈黙がこわい。

「……表に出ろよ、木霊野郎。その非力な狐に嬲り殺されてしまえよ」

ぼそりと告げた黒狐から、雪緒は思わず身を引いた。

(白月様までなんでこんなに好戦的!?)

彼は殺し合いを厭わぬ大妖だが、こうまで感情的な物言いをするのも珍しい。天神として振る舞っているためなのか。

「いやだな、そんないきり立っちゃって。僕はおまえと喧嘩をするつもりはないですよ。狐臭くなるのはごめんだし」

「そうだね、半堕ちの醜い木霊野郎と取っ組み合いなどしたらわたしまで穢れてしまうな。仲良くしようか」

「……狐野郎は目が悪いのかな。安心しろよ、おまえはもともと穢れているじゃないですか」

「……木霊野郎と口をきいてしまったせいだな、きっと」

ここだけ大気が凍っている。

「お二方とも、落ち着いて！　白……天神様も、この場で乱闘はだめです。そろそろお客さんから手を離してあげてください」

雪緒が声を上げると、黒狐に睨まれた。……お面の目がつり上がっていたので、たぶん睨んでいると思われる。

「なに雪緒。わたしを咎(とが)めるの？」

「いえ、そうではなくて」

「いまのはどう考えてもこの木霊野郎が悪いじゃないか。わたしに琵琶を殺せと言ったよ。だが琵琶はお面持ちだ。殺せば大きな穢れを浴びると知りながらだぞ」

黒狐の説明を聞いて、雪緒は愕然(がくぜん)としながら振り向いた。沙霧はすいと顔を背けた。

（そうだった。沙霧様ったらそれをわかって、殺せと言ったのか！）

あくどい。客が来る前に、にこやかに黒狐と会話していたのは油断させるためだったとか。

「雪緒さんにわかってもらおうと必死だな、狐。ですが雪緒さん、騙(だま)されるなよ。この性悪な狐は本当のところ、あなたのことなんてちっとも考えていない」

黒狐が琵琶お化けからぱっと手を離し、沙霧を睨みつける。

彼に見下ろされるような体勢がきっと我慢できないほどに嫌だったんだろう、沙霧が立ち上がる。

「非情な狐なんですよ。こいつは以前にも、僕の姉を袖にしただけでは飽き足らず、噛(か)み殺しやがった。そしてついに妹狐の鈴音さんまで殺しただろう」

「わたしはとにかくおまえを殺したい……」

黒狐が苛立ちを抑え切れない声でつぶやく。

一触即発な状態の彼らを諌めるべきとわかっているのに、先ほど沙霧が漏らした発言が気になってしまう。

「沙霧様の姉君を、白……天神様が殺した？」

二人が雪緒の独白を拾い、お面越しにじろりと睨めつける。雪緒は竦み上がった。

「雪緒さんも鬼畜の所業だと思わないか？　突き放すにしてもやり方というのがあるだろうに」

「ふざけるなよ、沙霧。おまえの姉は強欲にもほどがある。俺が靡かぬと知ったあと、禁術を用いて無理やり魂を縛りつけようとしただろうが。俺は、俺に仇する輩をただ許さぬだけだ」

雪緒はどこから突っこんでいいのかわからなくなった。どうやら白月が単に酷薄非情というだけではないらしい。

（力ある怪や妖って、やることなすこと過激すぎる。力があるから過激にならざるをえないのか。にしても白月様、素のしゃべり方になっているし……）

このお狐様は意外と大雑把なところがある……というより、沙霧への怒りは本物だろうが、それで冷静さを失うことはない。単純に、多少ほころびを見せても問題にはならないと判断しているのだ。

それを見た雪緒が複雑な気持ちを抱くことも承知の上で、というのが憎らしい。

「木霊野郎はそういえば、やけに鈴音を気にしていたな？　あれに惚れていたのか。それでなおさら俺が憎いか」

「この狐野郎、皮を剥いでやろうか？」

ふたたびいがみ合う彼らに、雪緒は焦った。

「本当に喧嘩はやめてください……ああっ、ほら、天神様！　琵琶のお客が逃げていったじゃないですか！」

雪緒は黒狐の袖を引っぱり、あたふたと逃げ出した琵琶お化けの背を指差した。琵琶お化けは黒狐が手を離したあと、しばらくは目を回してその場にひっくり返っていたのだが、こちらが揉めていることに気づいて飛び起きたのだ。

「心配ないさ、見ろ」

黒狐は、やや落ち着きを取り戻した口調で通りを指差した。

「辻のむくろ翁が動いている」

彼の指差す方向へ雪緒は目を向け、息を呑んだ。

茜と紺、二色に分かれた夕闇の空を遮るほどの大きな影が通りに出現している。その正体は金色の目玉がびかりと輝く、大骸骨だった。屋台や木々、のっぽの幟よりも遥かに高い。胸骨部分にびっしりと様々なお札をくっつけている。護符のようなものもあれば、「大安売り！」やら「アケビ一山伍百円也」やらと書かれたおかしな〈ビラ〉まであった。

（なに、この大骸骨）

巨人のごときその大骸骨は、ずしんずしんと音を立てて雪緒の床見世の前を通りすぎていった。行き交う客たちを踏み潰してもおかまいなしの様子だった。

「むくろ翁というのは、あの大骸骨のことですか？」

「そう。たまに出現して、臭いやつを食べてくれるんだ。辻に住み着いている野良犬か、家畜みたいなものだと思えばいいよ」

「……えっ、家畜」

雪緒は放心しながら大骸骨を視線で追った。

大骸骨は、足がもつれて転倒した琵琶お化けをひょいと骨の指でつまみ上げ、本当にぱくりと食べてしまった。その衝撃の眺めに、雪緒は絶句した。

人の子の常識を軽く超えるのが彼ら怪という存在だが、頭でわかっていても恐怖は募る。

「偉いぞ、むくろ。おまえはやればできる家畜だ。その調子でうるさいやつをどんどん食うといいよ」

黒狐が片手を上げて愛想よく称賛した。

「な、なに言っているんですか天神様！　相手を怒らせるようなことを大声で言わないでください！」

こちらまで狙われたらどうするんだ、と雪緒は本気で怯えた。

黒狐の声が聞こえたのだろう、もしゃもしゃと顎を動かしていたむくろ翁が振り向き、金色の目玉を三日月形に細くする。

(照れてる!?)

じゃあなー、と呑気に手を振る黒狐に向かって、むくろ翁は親しげにかちかちと歯を鳴らし、通りを去っていった。

一晩すぎても、この朱闇辻の異様さには目を見張ってしまう。たったいま、血も凍るようなおそろしい出来事が起きたというのに、通りは薄情なほどあっさりともとの賑わいを取り戻している。

「基本としてお面持ちに手を出せば罰があたるが、あのむくろ翁だけは例外だ。あいつ、純粋な食欲しかないからなあ。悪意を持たないやつだから、安心しろ」

「不安しか感じません……！」

雪緒は呻いた。いやもう、なにに驚いてなにをおそれ、なにから嘆けばいいのか。

一番おそろしいのは、ぱくっと琵琶お化けを食べてしまうような大骸骨を無害な家畜扱いするこの自称天神様だろうか。

先ほどまで息巻いていた沙霧も気勢を削がれたのか、すとんと椅子に腰を戻してしまった。

黒狐は一度、沙霧のほうを見やったが、無視することに決めたらしく、雪緒に向き直ってゆるく尾を振った。

「なぜそんなに怯える？　わたしが雪緒を守るんだぞ。この世でもあの世でもわたしのそば以上に安全な場所などないだろ？」

心底ふしぎそうに黒狐が尾を揺らす。これを本気で言っているから、なおかつ確かにそう言えるだけの力量があるから、始末に負えない。

「そういう問題じゃないんです。安全だろうが危険だろうが、こわいものはこわいんです」

「だから、なぜ？　俺……わたしを信じ切れないの？」

性格の面で信じ切れないでいる、という本音を伝えればいらぬ災いを招きそうだが、身の安全に関しての話で白月が嘘をつくことはないだろう。なにがあっても雪緒を守ってくれるに違いない。

「天神様、人の子の心は、いわば花の蕾のようなものなんです」

「花？」

「何枚もの感情の花びらで包まれているんですよ。信じる、と、こわい、という感情は、人の子の中で正しく共存できるんです」

「……わからないな」

という黒狐の耳が片方だけ横に倒れている。

「愛憎の共存ならまだ納得できるが、そのふたつは噛み合わない気がする」

なんとなく決まり悪げに心情を明かす黒狐を、雪緒は感心しながら見つめる。

自分より弱い者をおそれたことがない、大妖らしい感覚だ。

(きっと白月様は、恐怖という感情をよく知らないんだ)

肉体的な恐怖、そして、心を蝕む類いの恐怖、そのどちらも味わった経験がない。

あぁそうか、と雪緒はまたひとつ感心する。

だからか。恐怖を知らないために、白月の中では恋や愛が軽いのか。

(だって、恋や愛は、とてもこわいものだもの)

白月に対するそうした確信は、かすかにではあるけれども雪緒の胸に傷を与えた。

おそれを知らぬということは、他者と痛みを共感できないということでもある。

なにも痛まないために、いくらでも雪緒を騙せる、泣かせられる、裏切れる、傷つけられる
……。

雪緒が気づいたことに、黙って話を聞いていた沙霧も気づいたようだ。彼の唇が、皮肉な笑みを描いている。

「雪緒。なら蕾をすべてむしった中にはなにがあるんだ?」

興の乗った口調で問いを投げてくる黒狐に、雪緒は微笑みかける。お面のおかげで、どんな思いで笑っているか知られずにすむのがありがたかった。

「魂です」

「なるほど。人の芯が、そこにあると」

おもしろそうに言って、黒狐が顎に手をやる。

「魂に花をかぶせてできたものが、人なのか」

黒狐はつぶやきながら、顎に触れている自分の指をとんとんと動かした。

「雪緒は美しいことを言う。信頼のみでは足りず、こわさをも取り除かねば蕾は開かぬと……、これはずいぶんと儚く、美しい喩えだ。人の子は、やっぱりわたしたちとは根底からして違うのだなあ」

「……打ち解けるまでに手間がかかる、という意味でしょうか？」

雪緒は少しばかり警戒しながら尋ねた。怪の言葉を、とくにこのお狐様の言葉を額面通りに受け取ると、後々手酷い報復を受けるはめになる。

「手間ではないさ。けれども、こわいと怯えられるのなら、さらなるこわさでむしり取ろう、といいきり立つのが怪の本質だからな。そこはどうにもならない部分だな」

ふ、と黒狐が小さな笑いをこぼす。

雪緒は自分が余計な打ち明け話をしてしまったような気がして落ち着かなくなった。偽りのない心情を差し出せば、彼に、より内面を暴かれる。そんな当たり前のことを忘れ、なんの覚悟もないままに雪緒は、いわば自分の攻略法をちらりと漏らしてしまったのだ。

「なに、悪鬼の駆除とでも思えば造作もない。気楽にわたしの強さを見ていればいい」

「恐怖を鬼に喩えないでください」

黒狐のあっけらかんとした不敵な発言に、雪緒は脱力した。

「白月……天神様って基本はややこしいのに、時々思いがけないくらい単……剛胆な真似をなさいますよね。宵丸さんより過激な行動に出ることもあるし」

「いま単純と言いかけたな？　わたしに対する雪緒の評価はどうなっているんだ？」

黒狐がこちらに手を伸ばし、雪緒の頬に触れる。親指が、優しい動きで下唇を撫でた。

その、ふいにもたらされた色気のある仕草に驚いて、雪緒は身を揺らし、無意識に顎を引いてしまった。黒狐は気分を害した様子もなく手を引っこめ、余裕の態度で尾を揺らす。

こんなふうにさらりと流してしまえるところはさすがに経験豊かな大妖様だなあ、と雪緒はちょっと悔しい気持ちになる。

雪緒の拒絶程度、痛くも痒くもないのだろう。

「なあ。ほら、わたしと話していると、こわさなどいささかも感じないだろ？」

「……」

「どういう顔だ、それ」

「お面をつけているのになぜ私の表情がわかるんですか」

お面は顔の上半分を覆う形のものなので、への字になった口元は隠せない。それを見て雪緒が渋面を作ったと察したのだろうが、どうも反発したいような、ひねくれた感情に突き動かされてしまう。

「私の渋い表情を見て喜ぶ天神様って、どうかと思います」

「雪緒こそなぜわたしの顔がわかる？」

「天神様のお面は、生きているみたいに表情が動くんですよ！」

「わたし、強いからなあ。お面にも妖力が反映してしまうんだ。恥ずかしいな、素の表情を知られるなんて」

まったく恥ずかしさなど感じていないだろう口調で言うと、黒狐は尾の先端を、雪緒の手のひらにそろりと潜りこませた。ふかふかでありながら、なめらか、つやつや。羽毛を超える抜群の手触りだ。

「でも雪緒になら全部知られてもいいか。雪緒も、わたしにもっと懐いていいよ」

甘えるのがたいへん上手なことで！

雪緒は眉間にくっきりと皺を寄せると、手の中の尾を、むつぎゅむぎゅに握ってやった。

「こら雪緒っ、わたしは軽々しく握ることまで許していないからな！」

黒狐は慌てた様子で雪緒の手の中から尾を引き抜いた。尾が急所という話は、真実であるらしい。

（だったら誘うような真似をしなきゃいいのに……）

雪緒はじとりと黒狐を見つめた。

そのとき視界の端に、爽やかな紫陽花色がちらりと映った。雪緒はふと意識を奪われ、通りのほうへ顔を向けた。

行き交う客のあいだに、紫陽花色の着物に身を包んだ禿の童女が立っている。下駄の帯が明るい青で、それが妙に目を引いた。顔には、額部分に種字にも鳥居にも見えるような模様が入った白い犬のお面をつけている。七、八歳くらいだろうか？　最初に出会った蜥蜴の手の童女とはまたべつの娘だ。

その童女と視線が絡んだ気がした。

いや、はじめから童女は雪緒を見ていたような気がする。

道には賑わいがあり、また、童女ともそれなりの距離がある。けれどもなぜか、童女の放った言葉がはっきりと雪緒の耳に届いた。

『帰れ』

怒りを帯びた、脅すような低い声だ。雪緒はびくっと肩を揺らした。

と同時に、黒狐がばっと通りへ顔を向け、雪緒を庇うように強引に抱きしめる。

雪緒はわずかにたたらを踏み、彼の肩に額をぶつけた。お面ごと衝突したせいで、じんと鈍い痛みが額に走る。

（お面がずれた……！）

慌てて身を離そうとしたが、背中に回った黒狐の腕がそれを許さない。一瞬、息が詰まるほど、ふたたび力強くその胸に身を引き寄せられる。

「天神様、お面が取れそう……っ」

「——なんだ？　いま、なにがあった？」

雪緒の訴えを遮って、黒狐が真剣な声で尋ねた。

「え、いま……？」

「なにを見た？　なにに気を取られた」

矢継ぎ早に問いを浴びせてくる黒狐の様子に面食らう。

雪緒はなんとか息をついてお面のずれを直した。そうしながら、さっと道に視線を走らせる。あの、紫陽花色の着物を身にまとった童女の姿はとうに消えていた。

「雪緒、答えろ。なにが起きた？」

黒狐が、道を見せまいとするかのように両手で雪緒の頬を挟み、厳しい声で問いを重ねる。

琵琶お化けに難癖をつけられたときよりもよほど緊迫した空気を感じて、雪緒は戸惑った。

「……向こうに、童女が立っていただけです」

「童女？　それだけか？」

嘘やごまかしを許さぬ脅しの声音だ。この黒狐からそうした強い気をあまりぶつけられたことがないせいで、戸惑いが少しずつおそれにぬり替えられていくのがわかる。

「帰れ、と詰られた気がしますが……、でも距離があったので、その子の声が耳に届くはずがないし」

黒狐は、怯える雪緒をじっと見下ろしたまま「おい、沙霧」と、椅子に座っている沙霧に呼びかけた。

「おまえはなにか見たか？」

「さて」

沙霧が億劫そうに腰を上げ、見世台から軽く身を乗り出して道を眺める。

「……別におかしな気配はないですよ」

「本当か？」

鋭く返す黒狐に、沙霧が唇を皮肉な笑みの形にする。

「辻の存在自体が奇々怪々でしょうが。むしろ、おかしくないもののほうが珍しい」

「そんな御託はいらない……」

「なにを警戒しているのか知りませんが、僕にあたられても困る——おっと、おかしな気配というのはあれのことかな？」

沙霧が楽しげな声を出す。先ほどの童女が戻ってきたのかと思いきや、今度出現したのは、泥沼から這い出てきたかのように全身を汚した者たちだった。お面持ちではない。道を歩く客たちがすんすんと臭いを嗅いだあと、嫌そうに彼らから遠ざかろうとする。

「あの集団って、まさか」

雪緒はぎょっとした。黒狐が説明していた、お面を持たぬ御霊(ごれい)たち。つまり、鈴音に殺された白桜ヶ里(しろざくらがさと)の民の御霊ではないのか。

「なんかこっち見てませんか。こっちに向かってきてませんか!?」

襲いやすそうな雪緒のそばにいれば霊が集まってきて色々と進展しそう——という黒狐の言葉は冗談ではなかったのか。

「——しかたないな、気になることはあるが、まずはお役目を果たしてくるか」

黒狐が息をつき、見世台の内側に立てかけていた錆(さ)びた太刀を手に取る。

雪緒は目を瞬(まばた)かせた。この太刀は護衛と称する黒狐が持ちこんできたものだ。ひどく錆びてはいるが、鞘(さや)の彫りに見覚えがある。

(菖蒲祭(しょうぶさい)のときの太刀舞に使っていた刀剣のような)

細部をじっくり見る前に、黒狐がその太刀を片手に下げて床見世から出てしまう。

しかし彼はつと立ち止まると、お面越しに雪緒に笑いかけた。

「雪緒、おまえの抱えるこわさを、べつのこわさで相殺してあげる」

「………ありがとうございます」

怪らしい残忍な発言に、雪緒はほのかな寒気を覚えた。

予想はしていたが、ひとかけらの容赦もない戦いぶりだった。

沙霧に先ほど非力扱いされた件を根にもっていたのではないかというほど、黒狐は大暴れしてくれたのだ。錆びた太刀をひらめかせ、叩き切るわ薙ぎ払うわ柄で殴りつけるわと、襲いかかってくる泥まみれの御霊たちを次々と撃破する。

(血みどろの狩りを好む宵丸さんと同じくらい、白月様も争い事が好きに違いない)

通りで繰り広げられる殺戮を、雪緒は霞みそうになる意識の中で見つめた。

行き交う客らもはじめは怯えて遠巻きにしていたのに、黒狐の仕留める相手がお面なしの御霊とわかると、そのうち口笛を鳴らし、手を叩いて囃すようになった。

「それ、そこだ」

「首を落とせ」

やんややんやの喝采を浴び、黒狐が調子よく手を振り返す。普段の『白月』よりずっと愛想がいい。このお狐様は、天神生活をとても楽しんでいるようだ。

(私まで殺戮試合に慣れてしまったらどうしよう)

雪緒は余計な心配をした。設楽の翁という保護者がいなくなって以来、雪緒の周囲は一気に騒がしく、血腥くなったような気がする。あらためて考えると、なんとも背筋が寒くなるような話ではないか。保護者という強固な盾——目隠しが外された結果、いままで見ずにすんでいた血腥い景色が目に入るようになったということだ。

（これが本来の怪の姿、真実の光景）

あらゆる角度から設楽の翁に守られていた事実を、雪緒はここでも苦く噛みしめる。人の子が一人で生きるにはつらい世界であることを、自分はもっと思い知る必要がある。

「本性がけだものの怪というのは、まったく野蛮で困る」

見世の中から黒狐の凶暴な活躍を眺めていると、隣に沙霧が並んだ。

「見なさい、嬲るように御霊を打ち据え、滅ぼしている。美しくないやり方だ」

彼の穏やかな声の底には確かな蔑みと嫌悪がひそんでいた。

雪緒はちらりと沙霧を見やった。彼は、けだものに属さない。半神の木霊だ。

「沙霧様は、怪や妖が嫌いですか？」

問いの裏側に隠した思惑を読み取ってくれたようで、沙霧が意味深に笑った。

「遠慮せずにはっきり尋ねてくれていいですよ。怪や妖を下等なものと見ているのか、ってね。ええ、見ています。そりゃ見ますよ。だって僕の半分は神ですので」

雪緒は、そうですか、ともごもご答えた。

黒狐によると、沙霧は災神（さいじん）と人のあいだに生まれたという。

その話が真実であるかどうかは知らない。里の者たちは、沙霧を高慢だと詰りながらも、その本性についてはなぜか沈黙を選んでいたのだ。

「ほかにも尋ねてくれていいですよ。本当に半神なのかって」

「……事実ですか？」

「まあね。僕の女親は、花姑（かこ）です。男親が人だった」

「花姑……女夷（じょい）が母君ですか」

女夷とは、花の神のことだ。花木に加護をもたらす春夏の王で、その性は神秘に包まれている。男神でもあり女神でもあるのだとか。しかしながら雪緒の頭の中には『花咲爺（はなさかじじい）』という民話がなぜか真っ先に浮かぶ。どこでその名称を耳にしたのかは、記憶にない。

雪緒たちの暮らす紅椿ヶ里（あかつばきがさと）でも、時折、美しい花姑たちによる〈花影行列〉が見られる。たとえるなら花魁（おいらん）道中のような行進だが、これがあった日には里に小さな幸運がもたらされるのだ。

「花姑が母といっても、怪によって穢され、災神と化したあとに産み落とされたんですが」

淡々と告げられた出生の事実は、軽く相槌（あいづち）を打てるようなものではなかった。

固まる雪緒に、沙霧が、くくと笑う。

「ですので、怪が嫌いというより、憎い。だから白月が御館（みたち）として立つ前にせいぜいあやつってやろうと姉と誓ったわけです。が、まさか姉が陥落するはめになろうとはな」

「そ、それは、なんというか……」

色仕掛けで弄する算段だったはずが、本気で白月に恋着する結果になってしまったと。

「いえ、わかっていますよ。先に仕掛けたのは僕らです。報復は免れない。狐一族はそのあたり、非情極まるので」

「ええ、白月様はとくに容赦がない。御館様としての立場もありますもの」

「しかし僕は見逃された。僕がただでは滅ぼされぬとわかっていたからでしょう」

「というと？」

「郷の半分を荒野に変えるつもりでしたよ、僕」

爽やかに言ってくれる。

「怪や半神の方々の争いって、過激ですよね……」

雪緒は頭が痛くなってきた。沙霧が鈴音を気にかけていたのは、もしかしたらそのとき殺害された自分の姉の姿を彼女に重ねたからなのかもしれない。

「でも雪緒さん。怪は憎いが、人は好きですよ。僕も半分、人なので。いや、どちらかといえば僕自身は花姑の気のほうが強いですけれども」

これは、人を愛してくれてありがとうございます、と礼を返すべきだろうか？

「だから意地になって見世を開くより、僕に身請けされたほうがよっぽど安心できるだろうに。少なくとも狐野郎よりは僕のほうが誠実だ」

「あ、それは私もそう思います」

条件反射で同意すると、沙霧はぽかんとしたのち、呆れたように笑った。……彼のお面の表情もわりと豊かに動く。

「そうとわかっていて……物好きだなあ、雪緒さん。人の子って、利を無視したわけのわからぬ行動を取る」

「私からすると、怪や半神の方の言動も謎まみれで難解です」

「そうかな」

「そうです。――さっき私が見た童女を、本当は沙霧様もご覧になっていたんでしょう？」

しかし彼は黒狐に問われたとき、嘘をついた。おかしな気配はないと。

ここで不思議なのは、白月の目には映らず、雪緒と沙霧には見えたというところだ。

「人の子は、わけがわからぬ行動を取るが、聡い」

おもしろそうに沙霧が言う。

「嘘をついたのは他愛もない理由からですよ。悔しがる狐野郎が見たかった」

「……もしかしたらとは思っていましたが、本当に」

「いまは積極的に怪どもを家畜にしてやろうという気はないが、機会があれば潰したいので」

「あの、その本音はぜひ今後も隠し続けていただけたらって」

「雪緒さん、狐を見限るときがきたら、僕に真っ先に教えてくれ」

どうしよう、笑いながら言われたが、声音に本気がにじんでいる。

「それと、もし僕の助けが必要なときは、呼んでください。……無償でもいいですよ、狐野郎を苦しめられるような話であれば」

「あ、はい」

雪緒は沙霧からそっと目を逸らした。

そのとき、ちょうど御霊退治が終了したのか、わあっと一際大きな歓声が上がる。

通りへ顔を向ければ、黒狐が錆びた太刀を一振りし、ことりと小首を傾げて雪緒たちのほうを眺めていた。狐のお面が、にまりと怪しく笑っていた。

◎伍・札を納めよ、参らせよ

その後は黒狐の太刀舞が客寄せ効果を生んだのか、見世が混み合い、夕刻前には今日分と定めた量の甘茶を出し切った。といっても見世自体、昼を大きくすぎてから開いていたので、雪緒が働いたのはせいぜい一刻ほどか。

（どうしようかな、もう少し売ろうかな）

秘術の作った葉は、ちょうど七日分だ。まだ札は余っているので、あと一度、葉を作る余裕があるが、もしものときのために残しておきたいという気持ちもある。

（宵丸さんが戻ってきていないか、もう一回確かめにいきたい）

もしも鳥居に転がした鈴を拾っていてくれたなら、なにがしかの合図をこちらへ送っているかもしれない。

しかし、どうも黒狐は鳥居どころか、朱闇御成門にすら近づくのを嫌がっている様子。雪緒一人で向かうのは危険が多い。いっそ沙霧に頼んで連れていってもらおうと思ったのだが、彼は彼で「あの童女を捜してみよう」と言い出し、結局別行動を取ることになった。雪緒としてもあの童女の正体については少々引っかかっていたので、沙霧に無理を言うのはあきらめた。

となればやはり黒狐に同行を頼む以外ない。

様子を見てそれとなく話を切り出そうか、と考えていると、沙霧が去っていくぶん機嫌がよくなったのか、黒狐は勝手に「店主、一休み」の札を見世台に置き、雪緒の手を取った。そのまま見世の外へと連れ出される。彼の片側の手には、錆びた太刀が握られたままだ。

「今日は見世仕舞だ。次はわたしにつき合って」

「つき合うって、どこにですか？」

「せっかくだから、このあたりの見世を冷やかして回ろうじゃないか」

「……して、その心は」

「大禍時此処に来たり、いざいざ虫を誘う灯火となれよ」

「そんなとこだろうと思いました！」

要するに、狙われやすい雪緒を連れ回せば御霊たちが寄ってくる、だからもったいぶらずにとっとと誘蛾灯になってしまえと。このお狐様はまったく容赦がない。

「拗ねるなよ。本当は、雪緒と歩きたいだけだ」

雪緒の不安を察したのか、黒狐は内緒話をするようにわずかに身を屈め、穏やかな声を聞かせた。思わぬ甘い雰囲気に驚いて身を引こうとすると、つながれていた黒狐の手にきゅっと力がこもる。

「道に並ぶ見世の品を買ってやるわけにはいかないけれどな」

残念そうな声だ。

「だが、見て回るだけでもおもしろいだろ？」

雪緒は、つながれた手と、黒狐の顔……お面を交互に見て眉を下げた。

(親切にしてもらえるのは嬉しい……、でも見世巡りを楽しむのはいけない気がする。売られているのは潔斎のための品だし、宵丸さんも心配しているだろうし)

身の危険はさほど感じていない。この狐様が護衛してくれるのなら安全は保障されたようなものだ。危機が訪れぬとは言えない——どころか、ひっきりなしに訪れそうな予感はあるが。

誘蛾灯になれと言われているし。

(こわいけれど、安心だ)

油断のならない大妖なのに、その点は信じられる。

「妙におとなしいな？　わたしと歩くのは退屈？」

「いえ、むしろ波乱道中になるだろうとしか思えないので、退屈とは無縁だと確信していますが」

「じゃあ、なにが雪緒の顔を曇らせる？」

お面をつけていてもわかるのか。

雪緒はずれてもいないお面の位置を直した。

「ここにあるめずらしい品々を、おもしろいと感じてよいのでしょうか」

「うん？　問いの意味がわからん。なにかを懸念しているの？」

「ええと……辻(つじ)の品は、こちらの客がそれこそ命懸けで求めているものですね。それを、楽しむのは罰当たり？　配慮が欠けている？　……ことになるのかなあと」

「はあ。不謹慎ではないかと心配しているのか」

黒狐のお面の目が、むむむ、というようにつり上がる。

「人の感覚ではそうなるのか？」

「怪(かい)や妖(あやかし)の感覚は、違いますか？」

「違うなあ」

黒狐はのんびりした口調で否定する。だが、そこに雪緒を詰(なじ)る気配はない。どちらかといえば慈しむような雰囲気を感じた。

「おおいに楽しみ、ありがたみ、囃(はや)し立てる。その行いこそが『祭り』――『祀(まつ)り』の真骨頂だろ？」

雪緒は、あっと驚いた。

（そうか、だから辻には煌々(こうこう)と明かりがつく。夜店が並び、賑(にぎ)やかになる。祭りは、祀ることの本質を表している）

ならここで沈んだ顔をするのは、誤りなのだ。

「まあ、それにだ。よそはよそだ」

「はい」

「おまえがうつむいていようが嘆いていようが、力強く前を向いていようが、時の流れの速さは変わらないぞ。だったらよそを気にして足元ばかり見るよりも、周囲の景色を眺めるほうが有意義だろ?」

それもそうだ。

「白……天神様が、私のそばにおられますものね。ともに楽しまねば……。ええ、それ以外に大事なことはない」

うん、少なくとも行方不明だったお狐様を無事発見できたのだし。目的のひとつはちゃんと達成できている。少々息をついても罰は当たらないだろう。

そういう意味でしみじみと納得したわけだが、黒狐はちょっとびっくりしたように雪緒を見下ろす。黒い尾が、ふわっと膨らんでいる。

「……雪緒は時々、わたしを殺しにくるよな」

「は……? あっ、大事って、変な意味じゃないですよ!」

雪緒は慌てて首を横に振った。

「白月様と一緒にいられることがすべてで——というか見つけられたことを喜んでいるだけで、だから、一緒に楽しめることが大事に思えて」

言えば言うほど深みにはまる。

「残念だなあ、こんな場所じゃなければお面を剥がしておまえの顔をじっくり見てやるのに」

「意地悪を言うのはやめてください！」

「そうかそうか、大事か。わたしはなかなか気分がいいぞ」

「き、聞いてくださいってば！」

「雪緒はからかいやすいよな」

「そういうことを本人に聞かせるから、警戒してしまうんです！」

「でもその警戒が長く続かないんだよなあ、雪緒は。おまえで遊び倒すのもわたし、やぶさかじゃない」

雪緒はお面の裏で眉間に深い谷を作り、唸った。明かりを灯すめずらかな見世の様子を楽しむどころではない。

「おまえがそばにいると、わたしも気持ちが若やぐよ」

その言葉を菖蒲祭のときにも聞いた。

これは白月の本心だ、きっと。

そう理解した瞬間、耳の裏までじんとするほど熱が上がった。

楽しげな様子であたりを見やるこの黒狐に、自覚はあるのだろうか。自身の、魂にかぶさる花びらの一枚を自らめくっていることに。その花びら――感情を、雪緒に差し出している。

(私とともにいる時間を、なんの含みもなく楽しんでくれている)

雪緒はなんだか、ひどく慌ててしまった。

聞いてよかったんだろうか、だめだったんじゃないか、だいいちこのお狐様こそこっちの心を殺しにくるじゃないか。毒をぬった甘い刃でめった斬りにされている気分だ。

「あ、雪緒。いまのおまえ、百面相をしているだろ。お面がほんのり桜色にそまっているぞ」

「はい⁉　表情が七変化するそちらのお面と一緒にしないでくださいね！」

「かわいいやつめぇ」

あはは、と声を上げて笑われた。

「雪緒といると、わたしまでうぶになってしまうなあ」

「うぶ？　どこが⁉」

「いまのわたしはきっと清くて優しいお狐様だぞ。雪緒のせいだ、困ったなあ。責任を取れよ」

声がまったく困っていない！

「――もう少し！　天神様らしい態度を取ってください！　だんだん演技が面倒になってきているでしょ⁉」

混乱のあまり雪緒は叫んだ。

笑っていた黒狐の尾が、びくっとまっすぐに立つ。

「……。やだな、なんの話？　わたしは天神以外のなにものでもないけど？」

「嘘ですね、いま絶対に演技を忘れていました！」

「演技なんかしていない。おかしな言いがかりはやめてほしいな」

道の真ん中で雪緒たちは立ち止まり、睨み合った。

通りがかった客が邪魔そうに避けていくのに気づき、渋々歩みを再開する。が、黒狐に掻き乱された気持ちは高ぶったままで静まりそうにない。

落ち着けと雪緒は自分にきつく言い聞かせる。期待するだけ無駄だ、きっと雪緒の勘違いなのだ。白月が純粋な好意を向けてくれているかも、なんて都合のいい展開、あるわけがない。

――と、どれだけ自分を戒めようとも喜びがあふれ出てしまうし、頬の熱もおさまらない。

(私って単純すぎやしないだろうか)

かわいいと言われると、胸の中心がきゅうっとする。その瞬間だけは本当にかわいくなれているんじゃないかと錯覚しそうになる。これは重症だ。

雪緒は大声を上げて足踏みしたいような衝動に駆られた。とりあえずすべての元凶であるお狐様に八つ当たりしよう。そうしよう。そして都合のいい幻想を打ち砕くために彼のひどい部分を繰り返し回想しておこう。

「聞いてください、天神様」

「なぁに?」

「私の元旦那様って、ただの朴念仁じゃなかった」

「おいおまえ、まだそれを言うか……」

「思った以上におとなげなくて、ご自分のことをわかっていないんですよ。私、知りませんでした」

「……なんだそれ。どういう意味だ？」

「怒らないでください、元旦那様の話ですので。天神様のことじゃありません、決して天神様のことじゃ」

「ふうん……」

「たぶん私をうろたえさせることに使命を見出しているんですよ。それに、ご自分を純情なお狐様だと激しく勘違いしていそうな気がします。どう思いますか」

「べつに、どうとも」

「あっわかりました。そんな冗談を言うなんて、きっと素直になるのが恥ずかしいからなんですよね。おとなげない方だから。人も怪も神も鬼も笑顔で踏みにじることすら辞さない残忍さ、そしてどんなところでも我を通す逞(たく)ましさと図太さがあるように見えますが、本当はとても繊細でいらっしゃるのかもしれないです。か弱い人の子を徹底的に欺(あざむ)かずにはおれぬほどですので。つまり、心底おとなげない」

「……陰口は、どうかと」

「陰口ではなく、事実です」

「元旦那が聞いたら傷つくぞ」

雪緒には白月を傷つけられない、などと嘯（うそぶ）いていたくせに。

「人というのは、いっぱい泣かされたぶんだけ、相手も泣かしたい。そんなささやかな野望をそっと胸に秘めるものなのです」

　雪緒は息巻いた。

（あれ、楽しい……。普段言えずに呑（の）みこんで積もりに積もったあれこれを迸（ほとばし）らせるの、すごく楽しい）

　こんな機会は二度とないだろう。雪緒は調子に乗り、もっと解放感を味わおうとした。

「あとですね、意外とちょろいところがおありです」

「なんだと？　ちょろい？　……俺（おれ）が？」

「ほめられると弱いところがおありかと。それと……性格的に、面倒事は先に片づけるのではなく、後回しにして見て見ぬ振りをしようとするでたらめなところもあると思うんです。けっこう行き当たりばったりで、それでも最終的にはなんとかしてしまうというか」

「雪緒、悪いことは言わない。その辺でやめておけよ」

「元旦那様の話です」

　黒狐の顔のお面が、ぐぬぬというように歪（ゆが）んでいる。

「わたしといるのに、元旦那の話をするのか！」

　理不尽な叱責（しっせき）だ。

「知ってるか、雪緒。実は、天神のわたしには予知の力が備わっているんだ」

「たったいまその能力を付加することに決めました、というような適当さは、どうかと思います」

「うるさい。雪緒はきっと、その元旦那に色々な意味で泣かされる。絶対に」

　きっとなのか絶対なのか、はっきりしてほしい。

「ああ雪緒って図々しい。もっとわたしを敬っておかないと、ひどい目にあうからな」

　愚痴をこぼし始めた。

「歯向かってくるし。人ってこんなにおそれ知らずで小生意気だったか？」

「元旦那様って案外、奥手で古風なのかもしれないですね。人の子に甘酸っぱい夢を見ているというか」

「元旦那を妙な憶測で暴こうとするんじゃない」

　売り言葉に買い言葉。雪緒は夢中で言い返した。

「しますとも！」

「なぜ！」

「そんなの、しないと私だって、胸が華やぐからに決まっているじゃないですか!!　私の初恋、底なしなんですからね！」

　間抜けなことに雪緒は、これをなぜか自慢げに言い放ってしまった。黒狐の驚きが心地よくて、言わずともいいことまで意気揚々と口にしてしまったのだ。

「ずっと白月様を好きでいるんです‼　気持ちを抑えるの、すっごく難しいんですよ。こんなに切なくなるのは白月様に対してだけ……で……――」

思いのままに迸らせていたが、途中で我に返り、青ざめる。

自分はいったいなにを言っているのか。

「……と、いうことも、なきにしもあらず……でして……」

お面をつけていてよかったと雪緒はひそかに感謝した。全身がじわじわとあぶられたように熱くなっていく。

互いにしばし、絶句したまま見つめ合う。また道の中央で立ち止まってしまったため、横を通る客がやはり迷惑そうに雪緒たちを一瞥(いちべつ)していった。

「そ、そうか」

やがて冷静さを取り戻したのか、黒狐は戸惑いを見せつつも深くうなずいた。

いてもたってもいられなくなるような沈黙がふたたび雪緒たちのあいだに流れる。

「……行くか？」

「はい……」

雪緒たちは微妙に視線を逸(そ)らし、無言でせっせと歩いた。手はつながれたままだった。

「……その、雪緒。先ほどの告白だが」

「……なんでしょうか」

「聞かなかったことにしようか？」

唐突にひそひそと提案され、雪緒はその場にうずくまりたくなった。

「そういう優しさ、つらいです……。できれば私に確認せずに記憶から消してください」

黒狐はこちらの様子をうかがうと、「よかったら……、もふもふする？」と言いたげに尾を揺らした。雪緒は素直に黒狐の尾を握りしめ、心の平和を保つためにもふもふした。

雪緒の袖に泳ぐ金魚たちが、内心の動揺を示すようにせわしなく皺の波を渡っている。

ふと気づくと、黒狐の衣に咲く梅の花も淡く淡く色づいていた。やわらかな薄紅色だった。

先刻までは真綿のような白であったはずなのに――。

いくども瞬きをし、そして目を凝らしたときだ。

ふいに黒狐の空気がひんやりと冷たくなった。一瞬でぬり替えたように衣の梅の花も元通りに白くなる。

「雪緒、少し脇に下がっていろ」

その忠告に視線を上げてみれば、前方からまたもぬるぬるした不気味な集団が近づいてくる。お面なしの御霊たちだ。通りの客たちが嫌そうによけている。

「目を開け、天神のお通りだぞ」

黒狐が錆びた鞘から太刀を引き抜き、威嚇の声を発する。抜いた刀身もまた、黒く錆びていた。

「無礼者どもめ、畏むことなく堂々と道の中央を渡ってくるのか」

お面なしの御霊たちは、黒狐の覇気にも怯まずにこちらへにじり寄ってくる。言葉が通じていないようだった。

「……これほど忌まわしき霊が十も百も恨みを抱えてさまようとは、こわいこわい」

雪緒はその独白を聞きながら、ゆらりと動く彼の尾を眺めた。それと、金魚のひれのような、赤い帯も。

「こわいながらも、斬って捨ててしまわねば」

――黒狐は、楽しげにばさばさと御霊を斬り捨てた。

気になったのは、彼が言っていた通りその御霊たちが雪緒を求めて手を伸ばしてくることだった。

(でも本当にそれって、私が人の子だからという理由なのか)

もっと明確な理由が隠されているのでは。そう疑わずにいられない。

❀

御霊退治完了後。雪緒はふたたび黒狐に手を引かれる形で辻を歩いた。

自分の床見世がある通りからべつの横丁へ。そちら側は飯楽横丁よりはいくぶん落ち着いた雰囲気がある。一休み中の真っ黒い蛙を上に乗せた木製看板には、「此は朱闇辻二ノ通り、酒楽横丁」と青墨で書かれていた。こちらでは布製品や玩具が売られているようだった。

「こわかったね、雪緒」

慰めるように黒狐が言う。

雪緒は曖昧な笑みを浮かべ、「ええ……」と返事を濁した。

「ところで天神様……、こうしてただぶらぶらと歩くだけでかまわないのでしょうか？」

「なにを言いたい？」

「もし御霊を誘き寄せるため、とくに目的なく歩いているのでしたら、ちょっと御成門のほうへ向かってもらえると嬉しいんですが」

「目的はあるよ」

「……どんな？」

「わたしは天神だよ」

黒狐は、何度も聞いた言葉を繰り返す。天神。

「辻を守るお役目なのだと言ったろう。いましがたの御霊の討伐もだが、お面持ちの者たちができる限り穢れぬよう辻の社に札をおさめる仕事だってある」

「札をおさめる？」

雪緒はとっさに反応した。

「天神様におさめる、のではなくて？」

「なにをおかしなことを言う？　天神がおさめに行くんだよ」

怪訝(けげん)な様子で言い切られる。

雪緒はひそかに首を捻(ひね)る。どうしてだろう、雪緒の頭には「天神のもとへお参りする」という意識が当たり前のようにある。それが人の世の道理であったはず。だが、確信する自分もまた奇妙ではないか。人の世の決まりや暮らしぶりなど知りもしないのに、なぜ。

「おまえがそこで思い悩む理由がわからないなあ。札をおさめねば、この世が災神(さいじん)であふれ返ってしまうだろ？」

「――はい。いけません」

雪緒は小さくうなずいた。噛(か)み合わぬ部分についてはいったん保留にし、うまく咀嚼(そしゃく)できずにいた事柄について先に問うことに決める。

「あの、天神様。災神と悪神は、実際どう違うんでしょうか？」

「うん？」

黒狐は、とある床見世に興味を示したようだ。足をとめ、雪緒に上の空な返事をする。

「どちらも里を脅かす存在だぞ」

「それは、そうなんですが……」

どのように説明していいか迷い、慎重に考えを口にする。

「たとえばですが、鬼神、禍神（まがかみ）というのも、同じく里を脅かす存在ですよね？」

黒狐は雪緒がなにを尋ねたいのか理解したようだった。

「災神と悪神、鬼神、禍神の違いについて、よくわからんということか？　または悪鬼（あっき）、耶陀羅神（やだらのかみ）。もっというなら、怪と妖の違いもか」

「……はい」

「ふうん。そうか、人の子にはそのあたりが呑（の）みこみにくいか」

彼は、見世台に並べられている奇妙な玩具――嘴（くちばし）のはげかかった、あひるを模しているらしき黄色い玩具を手に取った。片手には太刀を持っていたので、ここで雪緒と指を離す。それが少し寂しかった。

「なんだこれ？　硬いのかと思いきや、妙にやわらかい感触だな。どういう材質なんだ……。雪緒、こいつを押すと変な音がする！　――いや、災神などの違いについてだったな」

あひるもどきの玩具を熱心に揉（も）みながら、黒狐が言う。雪緒もそれにうなずきながら、奇妙な玩具を売る見世だなとぼんやり考えた。桃色の、象のような置物もある。

ほかには、極めて精巧に作られた手のひら程度の小さな模型……、これは人間を模しているんだろうが、それにしてもやけに奇抜な恰好（かっこう）だ。戦闘中と思（おぼ）しき躍動感ある姿勢を取っている。

あとは、首に鈴をつけた青い達磨のようなふしぎな動物の玩具や、紙のように薄っぺらいわりに硬さのある真っ黒な円形のつるつるしたものもあった。それはなぜか中央も丸くくりぬかれていた。また、細長い色硝子の筒には「サイダー」と印字されていた。どう使用するのか不明な道具ばかりだった。

——というのに雪緒は、これらの異様な品々を知っているような気がするのだ。

「妖や怪は、もののけとも、ばけものとも呼ばれるな。それに霊も、怨霊、悪霊、死霊と呼称が変わる。……厳密に言えばそれぞれ性質が異なるが、一部分は重なっている」

「悪神や鬼神なども、そういう感じの区分けがされていますか？」

黒狐は、あひるもどきの玩具を見世台に戻すと、雪緒をうながし、ゆっくりとした足取りで歩き始めた。

目の端に、提灯の明かりに照らされた幟が映る。「昔懐かし玩具売り」と、水色や黄色の文字で書かれていた。

その「昔」とは、いつの時代をさすのだろう？

どこの世の「昔」なのだろう。

雪緒は黒狐の説明を聞きながら頭の片隅でそれを考えた。

「怪と妖の区別はあまりない。どちらで呼んでもいい。が、より異形に近いのが、妖だ。怪はまだ、人に寄り添えるところを多く持っている。心を知る余地がある、と言い換えてもいい」

黒狐は次の見世に寄り、でんでん太鼓を手に取った。これも、ものめずらしげに音を鳴らす。

「怪や妖がなんらかの事情で気を淀ませ、魂を歪めた存在が、耶陀羅神。大抵は、常闇に落ちる。これは神と呼びながらも、かしこみ敬う意味を持たない。危害をもたらすもの、おそれるべきもの、という意味での『神』だ」

雪緒もつられて見世台からふしぎな鳥の形をした玩具を手に取った。笠をかぶっている鳥のお面の店主が「それは水笛だよ」と教えてくれた。

「その耶陀羅神が復活した存在が、災神。こちらは畏怖の意味合いが俄然強くなる。邪の神、祟り神ともいう」

黒狐が、あまり触るなと窘めるように雪緒の手から水笛を取り上げ、台に戻す。自分は平気で触るのに、雪緒はだめらしい。

「では悪神となにが違うのかといえばだ、耶陀羅神は祟り神とも呼ばれるが、必ずしも災厄をもたらすとは限らない。反して悪神は、確実に祟りをもたらす存在だ。はじめから悪意ありきの存在、と言えばいいか」

「こういうことでしょうか、災神も同じく『祟るもの』だけれども、祀ることによって祭神に……加護をもたらす存在に化ける余地がある。けれども悪神はどれほどおそれ、奉ろうと、祟る存在であることに揺らぎがない……」

「合っている。一部分は重なるが根本は違う、というやつだ。なら鬼神とは。天罰を与えられ、より鬼に近しい『畏怖されるべきもの』に変化した存在を示す。ちなみに悪鬼は、まあ、実際に災いをもたらしてきたものの総称であると考えればいいのではないか」

「前に、白月様は鬼神になりかけたんですよね」

「まあな。――いや、わたしは天神なので、そんな事情は知らないけれども」

いったん否定してから、

「そして鬼とは、……これが一番曲者だな」

と、黒狐は静かな声を聞かせる。

「祟るものではない、けれども災いをもたらす場合がある。しかしそれも、絶対とは言えぬ。荒々しいが、荒ぶる神とは違う。この世の存在でもあり、あの世の存在でもある。霊でありながら、肉を持つこともある。邪だが、純粋さも持つ。人に近く、人ではない。怪にも近く、怪ではない。神にも近く、決して神ではない」

「そうしますと、禍神とは？」

「禍神は、悪神、鬼神と似て非なるもの。どれも、そうだな……災厄をもたらす存在だが、禍神はそもそもが『畏怖されるべきもの』であり、『祟るもの』だ。災いを司る神、という言い方ができる」

黒狐の話を急いで呑みこむ。

性質は酷似しているが、少しずつ異なる……。その中でも禍神はほかを圧倒している。

「なんらかの原因で化けたり変化したりして淀みが濃くなるわけではなく、生まれながらに神階を持つ、あるいは名を持つ貴いもの、というような意味でしょうか」

「だいたい合っている。が、襲われるほうにしてみれば、どれであろうとすべて厄介で邪魔な存在だろ」

「確かに……」

「だからそこまで細かくこだわる必要はない。……あぁ、そうか。雪緒は禁術を使うんだったな。それで詳しく聞きたがったのか。存在の差異を理解すれば、より特化した強固な護符が作れるものな」

「はい」

　肯定しておいたが、それだけが理由でもない。

「ふうん、このあたりはきっと養父の翁が語りたがらなかったところだろうなぁ」

　鋭い指摘だ。

「知ることは、見ることだ」

　黒狐は、なんだか怖気立つような淡々とした声で言った。

「見れば、その存在が定まる。力を持つ。……雪緒？　ちょっと気になっていたんだが、先ほどからやけに目を輝かせてわたしを見ていないか？」

「いいえ、とくに。お面越しになぜ私の目がわかるんですか」

雪緒はごまかした。場所と話の内容はともかくも、こういう騙されるの心配のない雑談をしてもらえるのが、正直嬉しい。

ずっとしてみたいことだった。できれば、夫婦であった頃に。

「……わたしと話をするのが、そんなに嬉しいか？」

「言い当てるのはやめてください……」

つくづくお面をしていてよかったと思う。頬に熱がたまる。

「設楽の翁が、あるときから鬱陶しいほど人の子がかわいいかわいいと訴え始めてな、本音を明かせば、なにを言っているのかこいつはと引いたものだが……」

「ひどい」

「当時の話だ。いまは、わたしも少しぐらりとくるぞ」

「……。てっ、天神様は、私の養父の翁をご存じなんですか!?」

「あ。いや、噂でそう聞いただけだ」

急いで否定したが、黒狐はお面の口元を押さえ、こらえ切れない様子で小さく笑っている。

いつもの調子で語りながらも、頑なに正体を認めぬ自分の態度がおかしくなったらしい。

「なあ、もしもここから出られなかったらどうする？」

「え？」

「わたしの助けがなければ、雪緒は無事ですごせるかどうかわからない。頼れるのはわたしだけだろう？」

「そうですね」

「それって、わたしたちだけしか存在せぬ世のようじゃないか？」

急に黒狐が雰囲気を変えて妖しくささやく。

「時が動かぬ辻の中で、わたしとずっと一緒だ」

「こ、こわいことを言うの、いけません」

「べつのこわさで相殺してやると言ったじゃないか」

もっとこわくなるだけじゃないだろうか？

「永遠にぞくぞくさせてやるぞ」

「こんな『恐怖わーるど』でぞくぞくしながら永遠をすごすとか、どう考えても拷問じゃないですか」

このお狐様は隙さえあればからかおうとする！

そう簡単に誑かされてなるものかと気を引きしめて言い返せば、どうしたことか、黒狐はひどく驚いた様子で立ち止まり、雪緒を見下ろした。

「おまえ、いま……」

お面越しに凝視されている。だが、そんなに奇妙なことを言っただろうか。

雪緒は思いがけない反応を見せられ、戸惑った。

「……ふぅん」

「な、なんでしょうか」

「おまえ様はまだ元の世に未練があるのか」

「――未練？」

なにを言われているかわからず、雪緒はますます戸惑う。

なぜ突然、黒狐の雰囲気が冷ややかになったのだろうか。

――その前に、先ほど自分は、なにを口にしたのだろうか。

永遠にぞくぞくさせると口説かれたから、それは困ると思い、こんな恐怖の世で……と答えたのではなかったか。

いや、少し言い方が違ったか。

（あれ……、私、なんて表現したんだっけ？）

ほんのちょっと前の会話なのに、思い出せない。そんな自分に驚愕し、うろたえる。

「憎らしい」

黒狐がぼそりと告げる。

「天神様、私は」

「なんだ、おまえなんか。らしくなく迷ってためらうなど、損をしたな……」

一瞬、明確な怒りを彼から感じた。

「俺がどれほど欺こうとも、どうせおまえ様は芯の部分でそちらを選ぶ」

抑揚のない声に、雪緒は背筋が寒くなる。

自分の言動が黒狐の機嫌をおおいに損ねたということはわかる。

が、いったいどの言葉や振る舞いがそこまで彼の心を引っ掻いてしまったのか。

「遠慮などいらなかった。どうあっても俺のものにならないのなら」

「待ってください、なんの話ですか」

「――いや、気にするな雪緒。わたしもこうして気兼ねなく話ができてよかった。話さねばわからぬこともあるものだ」

黒狐が苛立ちを消して優しく答えた。

けれどもなにかが違う。一線を引かれたというのか、もしかしたら、傷つけた？

その認識に、雪緒は息を呑む。まさか。妖力を持たぬ自分なんかがどうやって彼を傷つけられるというのか。

「ほら、行こう」

伸ばされた手を雪緒は怖々と見つめる。

動けないでいると、黒狐は大股で一歩近づき、雪緒の手を取った。彼のお面の目が、にんまりと笑っていた。気が抜けないような、こわい笑みだった。

「あぁ、またやってきたよ、雪緒。おまえに皆、群がろうとしている」

黒狐がふいっと視線を雪緒の背後へ向けた。つられて振り向けば、またもあの、不気味な御霊たちが道の真ん中を通って近づいてくるところだった。

「……なぜ、ああまで堂々と中央を通ってくるんでしょう」

「雪緒は変なことを聞くなあ」

突き放した口調で言うと、黒狐は握ったばかりの手を離し、錆びた太刀の感触を確かめ始める。

「変でしょうか?」

「道の中央は、神が通るものだ。少なくとも天神がおわす道は皆、遠慮する」

そういえば、と雪緒は目を瞬かせる。雪緒たち、というか黒狐はここまで道の中央を歩いてきている。けれど、どれほど混み合っていても誰かとぶつかることはなかったように思う。迷惑そうに見られることはあってもだ。

「なのに、それと気づかずああして中央を渡る。穢れた御霊の証だな」

ふんと黒狐が鼻を鳴らす。鞘から刀身を抜きかけて、なにかを思い直したように雪緒を見下ろす。

「このお面」と黒狐が雪緒のお面の端を指先で軽く持ち上げるような仕草を取った。お面が顔からずれ、雪緒は慌てた。黒狐が喉の奥で笑う。

「このお面を、ここで外してしまったらどうなるかな?」

「指を離してください！」

「きっと皆、目の色を変えて雪緒に飛びかかってくるだろうなあ」

雪緒は絶句する。いままでと違い、その言葉には濃厚な毒があった。

「認めろよ、雪緒。わたしがいないと、おまえは御霊に骨まで食われるんだ」

「わ、わかっています」

冗談のような振りをしてお面をずらそうとする黒狐の指を、雪緒は震えながら掴(つか)んだ。いまの彼には、本当に雪緒のお面を奪いかねないおそろしさがあった。

「……戯れていないで、断ってくるか」

ふいに飽きた様子で雪緒の指を振りほどき、黒狐は鞘から太刀を抜く。


今度も圧倒的な戦いだった。

御霊退治が終わったあと、黒狐は雪緒に笑って「社に札をおさめてから、宵丸とやらが来ていないか御成門のほうまで確かめにいってやろう」と告げた。

少し前まで宵丸と再会させるのを嫌がっていたようなのに、なぜ急に態度を翻(ひるがえ)したのか。

なにを考えているのか、ちっとも読めない。

けれども、雪緒の言動のなにかが黒狐の心を歪めるきっかけとなったことだけは、理解できる。

札をおさめる社は、御成門とは対極の奥まった位置にあった。

くすんだ色の斎垣に囲まれており、社本体もどこか荒れた雰囲気がうかがえる。垣外にはみっちりと木々が生い茂っていて、異様に暗い。短い参道に並ぶ灯籠は大半がひび割れていたし、社の階には穴もあいている。扉も屋根も崩れかけていた。

黒狐は雪緒を引っぱって向拝を上がった。扉の手前に質素な木製の祭壇が置かれている。祭壇といっても注連縄が下げられている程度。あとは蝋燭が燃えているのみだった。

黒狐は懐から手のひらほどの大きさの木札を取り出し、その祭壇に伏せて置いた。それだけだった。拝跪することもなければ祝詞をあげることもない。誰かが現れることもなく、実にあっさりしたものだった。

「……もう終わりですか？」

「札をおさめるだけだからなあ」

黒狐の返事を聞いて、雪緒は内心疑問に思った。

彼のおさめる札は、いったいどこで手に入れたものなんだろう？

その札に、どんな意味が？

✿

天神が――白月が雪緒を〈かのゑ〉へと連れ戻したのちのことだ。

（うるさいものばかり……）

白月は、雪緒が床についた気配を確かめると、自身の部屋を出て、静かに庭へ下りた。

なにかが雪緒の周囲をうろついている。雪緒を狙うお面なしの御霊どもとは違う。白月にとって、ひどく不快なものだ。だがその正体がわからない。

わからないというところが白月を激しく苛立たせる。

（八尾の大妖たる俺が看破できない。しかし、雪緒と木霊野郎には見えている）

昼時、道に童女がいたのだという。紫陽花色の着物をまとっているという。

何者だ。

御霊どもと同じく、雪緒を害する存在なのか。

ほかにも、見すごせぬことがあった。

『恐怖云々』と、面妖な言葉を雪緒が自覚なしに口にしていたのだ。

この自覚なしというところが許しがたい。魂に根づいているという意味になるからだ。

おそらくその不可解な言葉は、雪緒が元いた場所で使われていた――人の世の言葉に違いなかった。

雪緒は、ことひと、異人だ。

神隠しの子だ。

べつの世がこちらの世と重なったとき、神隠しは起きるという。そうして予期せず白月たちの世に迷いこんでしまった子だった。

白月が雪緒に執着し、求婚を続けるのは、純粋な恋情からではない。

雪緒の命は白月の神階を格段に押し上げる。ただの神獣ではなく〈明神〉と呼ばれて畏怖されるべきもの、万人に正しく祀られ続けるものへと変えてくれる。

きたる日のために雪緒の存在が必要だったはず。が、ともにすごすうち、気まぐれな哀れみが胸に宿った。なにもせず見逃してやりたいようなぬるい思いを持ってしまったのだ。

（ばからしい……）

白月は知らず渋面を作る。手加減などすべきではなかった。好きだ好きだと白月に訴えながら、雪緒は結局、人の世を求め続けている。あちらの世を手放そうとしない。

その事実に気づいてこうまで心を掻き乱されることが、なおばからしく、腹立たしかった。

舌打ちをこらえたとき、これもまた不快な存在である木霊の沙霧が奥の縁側から近づいてくるのに気づいた。半神という性を利用して辻を出入りする不躾（ぶしつけ）な木霊だ。

これはこれで使い道がある男だから生かしている。木霊という存在は、草木を守り、生長させる力がある。草木は自然の結界となる。ゆえに木霊殺しを行うと損失のほうが大きくなる。

山林を荒野に変えてしまうのだ。

沙霧は縁側を下りると、いかにも嫌そうに白月の前で足をとめた。

「人の子を、いつまで危険な辻にとどめておく？」

「おまえに教えねばならない義理などない」

白月は冷然と答えた。あぁ殺したい。次の木霊が生じるときまで多少荒野が広がってもかまわぬのではないか。自身の憂いを取り除いてすっきりするほうが、よほど大事ではないだろうか？

「あの子まで獣臭くするつもりか」

「ずいぶん雪緒に肩入れする。おまえにも人の血が流れているのだったな。でもあれは、俺を愛しているぞ」

沙霧の気配が淀む。白月は内心せせら笑う。血筋ばかりにとらわれたこの木霊野郎は、怪を下に見て、神と人を上に見ている。跪かせて首をねじ切ってやりたくなる。

血を軽んじるのもまた浅慮であると白月は知っている。が、結局のところ、おのれの行く末を決定づけるのは血の定めではなく、自身の選択だろうに。

「俺を怪しみ、疑いながらも、健気に恋情を守り続けている。人の子はかわいいなあ」

「……いつか、雪緒さんを殺したい。おまえがもっと彼女に執着したあとに」

「俺が執着？　それは楽しみだ。百年後か？　千年後か？　その頃雪緒は、しゃれこうべになっているぞ」

白月は、いい気分になってきた。雪緒に惚れてなるものか。その思いを忘れずにいさせてくれる者がいるというのは、いいことだ。

気に食わぬが、木霊野郎はやはりもう少し生かしておこう。

「でもな、沙霧。雪緒はきっと死ぬ間際にもこう思うぞ」

毒を吹きこむのは得意だ。そら、歪め。顔を、心を歪めてしまえ。

「騙されても愛しかった。きっと雪緒はそう言って、俺を愛し抜く」

「外道め」

「ほめ言葉でしかない」

白月を愛し抜き、同時に拒み続ける人の子、雪緒。

（おまえを思うとき、俺は、月にかかる暗雲が晴れたかのような心地になるんだ）

そういう澄み切った娘だからこそ、白月を明神に変えられる。


沙霧が去ったのち、入れ替わるようにして、宿の者が音もなく近づいてきた。

白月はその者が『居る』ほうへと顔を向けた。が、姿は見えぬ。障子越しであればなりの輪郭が見て取れるが、本性は決して目にできない。はじめて雪緒を宿に連れてきたときも、この者は帳場に『居た』のだ。白月は気配を感じ取っていたが、妖力を持たぬ雪緒は最後まで気づいていなかった。

「狐のお方へ、社に供物が届いておりまする」

　宿の者が丁寧に告げる。

「ふん？　なにが届いた？」

　白月の戻りが遅いことを案じてだろう、上里の者――おそらく腹心の楓あたりが供物を送ってくる。社経由――つまり『奉る』ことでこちらに届けているのだ。

　奉ずるものによっては『祀る意』に変わり、白月の性質を根本から作り替えるおそれも秘められているが、そのあたりの難しさは楓たちもよくわかっている。

　なにより、現世とのつながりを断たぬようにすることも必要なのだ。

　それに、雪緒に聞かせたように、里の浄化をすすめるための道具も必要だった。これもまた、一度あちらから供えてもらわねばならない。

「案ずるものは、ございませぬ」

　宿の者が笑ったようだった。

「いつもの槻の木の枝でございます」

「そうか」

　槻の木の枝で、浄化の札を作る。槻は白月の名に通ずる。退魔の力を持つ霊木でもある。

いつもであれば、ここで宿の者は下がる。しかしまだ伝言があるようだった。

「なんだ？　ほかにも供物が？」

「ええ。米と、揚げも」

それを聞いて、白月は微妙な顔をした。

❁

翌日。出掛ける前の刻。

部屋にこもって茶葉を小分けにする作業に勤しんでいると、嬉しげな様子を隠さぬ黒狐が雪緒の部屋に押しかけてきた。

昨日の今日だ、なにかよからぬことを企んでいるのでは――と警戒する気持ちもあったのだが、黒狐がいそいそと雪緒の部屋に持ちこんだ物につい意識が奪われてしまう。

「天神様、これって……俵？」

「うん、俵だ」

黒狐は嬉しそうに、小振りの俵を雪緒のほうへずずっと近づけた。

そのほかに、笹の包みがある。

「そしてこちらが油揚げ」

「油揚げ」

笹の包みを指差す黒狐のお面が、とろとろに蕩けている。

(油揚げと、米俵……)

とくれば、思いつくのはただひとつ。

「お稲荷さん、食べたくなりますね……」

「そうだろう、そうだろう!」

「お好きですか?」

「いやそこまで好物ではないが、作ってくれるなら食べる」

大好きらしい。尾がぱたぱたとひっきりなしに揺れている。

(上里の子狐たちもお稲荷さんがやけに好きだったなあ)

きっとなにか狐一族の好物になった理由があるのだろう。いつか聞いてみようか。

「でもどこで購ったのですか? 見世で売られている品は、食べてはいけないんですよね?」

「心配するなよ。これは俺に奉じられたもので——いや、気にするな。とにかく、平気だ。おまえも口にできるからな」

いまなにか、重要な言葉をぽろっとこぼしかけたような気がするが、ものすごく嬉しそうにしているところに水をさすのも、どうだろう。

雪緒は甘い自分を内心笑いつつ、見逃すことにした。

「私が作ってよいのですか」

「よい」

「どこで作ればいいでしょう」

「それも、案ずるなよ。めし炊き場の使用許可をもらってきたぞ」

そうか、そんなにお稲荷さんを求めているのか。

「酢や砂糖なども借りられます？」

「銀貨を握らせたから大丈夫だ」

「そこまで。……人参（にんじん）と椎茸（しいたけ）、蓮根（れんこん）と牛蒡（ごぼう）もまぜたいですね」

「……それは、持ってない」

あんなに動いていた狐尾が悲しげにぱたり……と畳に落ちた。

どうせならおいしいものを作りたい。雪緒なら——準備できる。蛍雪禁術を使えば食材は手に入るのだ。いや、しかし。食欲を優先して、貴重な札を無駄遣いしていいのか。

（でも、楽しむことが重要なわけで。使っちゃおうか）

欲望とともに生きるのが人の子ではないだろうか。雪緒はあっさり欲に屈した。

「さあ、めし炊き場へ行こう」

「ちょっと待ってください、札と煙管（キセル）を用意しますので」

そわそわと俵を抱えるお狐様と一緒に部屋を出て、縁側から庭へ下り、めし炊き場へ向かう。

風呂場とめし炊き場は宿の外に設けられている。木製の、屋根が少々傾いている小屋だ。

立てつけの悪い戸を引いたとき、墨色の水干姿の沙霧が庭の縁側を渡ってこちらへ近づいてくるのに気づく。

仲の悪い黒狐と沙霧は、お面越しに睨み合った。

「なにしに来た、木霊」

「雪緒さんの様子をうかがいに来ただけですよ狐野郎」

「帰れよ。今日のわたしは油揚げに埋もれるんだ」

大真面目に告げた黒狐の言葉に、雪緒は噴き出しかけた。沙霧の「なにを言っているんだこいつ」という空気を無視して、黒狐はそそくさとめし炊き場の中へ入る。

こもった匂いが満ちる小屋には、奥側に竈と調理台が置かれている。壁際の木棚には刃物や鍋一式、そのそばには一抱えもある水瓶に味噌の壺、醤油の壺などもある。

なにをするのか気になったらしき沙霧も小屋の中に入ってきて、きょとんと雪緒を見た。

「雪緒さん、ここで調理をするのか？」

「お稲荷さんを作るんですよ」

その前に、牛蒡と蓮根、人参、椎茸を札で作らねば。三つ葉もほしいな。

調理台に札や顔料の容器を並べ、術の準備を急ぐ。札をあぶるための火は黒狐に頼む。手のひらに小さな狐火を作ってもらう。

「わたしの狐火がこういう使い方をされる日がくるとは」

感慨深い様子で独白する黒狐を横目で見ながら、雪緒は煙管の端を口に含む。

「おお」と沙霧が好奇心たっぷりに、雪緒の吐き出す煙を見やった。……が、生み出した食材を前にして、非常に複雑そうな声を上げる。

「雪緒さんの術はとんでもないものだろうに、まさかこうまで気軽に食材作りに使われようとはな……」

黒狐と木霊の両者から意味不明なものを見るような視線を感じた。

「怪の方々の妖術に比べたら、私の術なんてささやかなものだと思いますが」

「ううん、人の子はおのれを知らない」

気を取り直した黒狐が藁や枝を囲いの中に入れ、竈の火を熾してくれる。

雪緒は少しほっとしていた。昨日の微妙な空気が続いたらどうしようと悩んでいたのだが、沙霧もそばにいるからか、黒狐もいまのところ穏やかな態度を取っている。

――と思いきや。

「おい狐、ふざけているのか？　米をとがずに炊こうとするな」

「うるさいなあ」

「ばかなのか。牛蒡を竈の囲いにぶつけて折ろうとするなよ」

「うるさいなあ……」

「違う、そうじゃない。壺の醤油をなぜ釜に注ごうとする」

「うるさいなあ！」

黒狐がお面の目をつり上げて、たまりかねたように沙霧を睨んだ。

「天神様はめし炊き場の苦労を知らないんでしょうね」

「おまえだって知らないだろ」

「一緒にしないでくれます？」

この二人、騒がしい……。実は馬が合っているんじゃないだろうか。

雪緒は米をとぎながら、仲良く言い争う二人を見やった。

「僕、みかん飴と金平糖、作れますんで」

お稲荷さん作りとまったく関係ない自慢だったが、黒狐を動揺させることは成功したらしい。

沙霧は勝ち誇ったように黒狐を見据えた。人参や牛蒡の皮むきを意外にも慣れた手つきでやってくれる。すごい方だ、黒狐を打ち負かすためだけに手伝いをするとは。

「沙霧様、手際がいいですね」

「もちろん。でくの坊とは違うんで」

「ひょっとして細切りもできますか？」

「できますよ。やりましょうか」

雪緒は、わあすごぉい、と明るくおだててみた。この木霊様、使える。

「さすが沙霧様ですよね、器用でいらっしゃいます。そうだ、御髪が危ないので、後ろで結びますね」

「あぁよろしく。……いいな、これ、夫婦のようだ。胸がはずむなあ」

「そ、そんな」

「やっぱり身請けの話、受けません？」

お面を少々ずらして、沙霧が微笑を見せた直後。

茫然と雪緒たちを見ていた黒狐がふいに動いて、雪緒の背にのしかかった。その重みで、雪緒は竈の上に倒れそうになった。

「危ないです、天神様！」

「雪緒、わたしのほうがすごいから……。すごく強いから……」

黒狐が切なげな様子で、雪緒の腰にくるんと尾を巻きつける。

「ちょっと狐野郎、邪魔なんですけど」

「失せろよ木霊。この程度で……図に乗るなよ？」

「僕、おまえと違って人の血、流れているんで。当然料理くらいわかります。あ、おまえは獣だったか。だったら料理などわからないよな。野蛮な獣は獲物をそのまま食らうものな」

沙霧の、嗜虐的なきらきらした顔と言ったら。

黒狐をやりこめてすこぶる気分がよくなったらしく、油揚げの味つけまですすんでこなしてくれた。

それから雪緒と沙霧が切ったりまぜたり炊いたりするあいだ、黒狐は一言もしゃべらなかった。最初はしょげていたのに、それも飽きたのか、時々暇潰しに狐火をそよそよと浮遊させていた。

(なんで私、辻の宿でお稲荷さんを作っているんだろう……)

そんな疑問を頭に浮かべつつ、酢飯を油揚げに詰めこむ。

「雪緒さん、甘茶と一緒にこれも見世で売ったら?」

という沙霧の提案を一蹴したのは、雪緒から離れてこっそりと酢飯を味見していた黒狐だ。

「戯言を抜かすなよ、金平糖野郎」

もぐもぐしながら沙霧を詰っている。

「黙ってくれます、稲荷野郎。雪緒さん、せっかくだし、みかん飴も作りましょうよ」

沙霧が爽やかな笑みを浮かべてせがんだ。

(沙霧様も天神様も堂々とお面を外しているし……。誰も来ないみたいだから、いいんだろうけれど)

雪緒は皿に五つほどお稲荷さんを載せ、竈台に置いた。これは宿の者へのお裾分けだ。

完成したお稲荷さんは、昼餉になった。

自分で作った食べ物だからだろうか、口にした直後、身体が軽くなるのを感じた。

もしかすると、知らぬあいだに濁り始めていた体内の気を清めるため、黒狐は雪緒に料理を作らせ、食べさせたのかもしれない。

非情なばかりのお狐様ではないから、本当に困ってしまう。

ちなみにみかん飴も沙霧が作った。夏みかんを術で生み出したのは雪緒だが。

「寝る前の御八つにどうぞ」と沙霧から素敵な笑顔で渡された。

❁

夜。

空の色に変化はないが、月見船で夜の到来がわかる。

なんとなく眠れず、雪緒は溜息とともに寝床から身を起こした。

徳利から水を飲み、一息ついたときに文机の上のみかん飴が目にとまる。

ぼんやりとそれを一口かじって、雪緒は昼間の出来事を頭に蘇らせた。

お稲荷さん効果か、見世にいっているあいだも黒狐の機嫌は悪くなさそうだった。今日は癖のある客も少なく、御霊の訪れもあまりなかった。

逆にそれが、落ち着かない。

(白月様は、あとどのくらい辻にとどまるつもりだろう)

とりとめもなくそんなことを考えたときだった。障子に影が映った。背丈からして大人の男だ。白月かと思い、どきりとしたが、彼の特徴である狐耳と尾がない。

片手に手燭を持っているらしい。蝋燭の明かりがその者の輪郭をはっきりと障子に描き出している。誰だろう、と目を凝らしたところで、雪緒は異変に気づいた。

空の色に変化はない。だから夜であろうと外は夕闇の色が広がっているはずだ。

なのに、暗い。

真夜中のように。

音を立てて息を吸いこみそうになり、雪緒は片手で口を覆った。口内にみかん飴の甘さが残っている。唇もべたべたしているように感じられ、不快感が生まれた。

手燭を持った男は、床の上に座りこむ雪緒と対峙するように、障子の前に腰を下ろした。

「――危害はくわえません」

穏やかな声で男が言った。やはり白月ではない。沙霧の声でもない。見知らぬ男の声だ。

「戸を開けずともかまいません。いえ、決して開けてはなりません」

という言葉に、雪緒はわずかに心を動かされた。普通なら、開けて、というところだ。

「私はすでに死者です。開けてしまえば、私はあなたに取り憑こうとする。生者を食う誘惑に抗いきれぬでしょうから。このままで聞いてください」

返事はできない。してはいけない。

そんな雪緒の警戒もお見通しなのか、男は返事を待たずに話を続けた。

「あなたは人の子でいらっしゃるでしょう」

男はどこか悲しげに言う。

「ええ、ですので、私は少しだけあなたに同情したのです。どうか覚えていてください。鏡はお持ちでしょうか。あるいは琥珀。あるいは真珠を。ないなら、ぜひともどこかで手に入れてください。そしてそれを、肌身離さず持ち歩いてください。きっとあなたを助けるでしょう」

いったいなんの話だろう。

本当に雪緒にあてての話なのか、そもそも彼は何者なのか。

死者と自称しながら、なぜ冷静に話すことができているのか。

(白桜ヶ里の御霊ではない？)

さっぱり見当がつかない。それに、外の異様な暗さはなんなのか。辻の空が変わるなど、ありえぬはずだ。それこそ夢でも見ているとしか。

(夢――？)

まさかと思ったときだった。

「そうです。夢です。ある方の協力を得て夢を渡らせてもらいました。私になぜそんな力があるのか、なぜ死者と言いながらも自我を保っているのか。それは私が、人の理を超えたからです」

雪緒は声を上げそうになった。人の理。

ということは、この男はかつて雪緒と同じ「人」であったのでは？

なぜ人ではなくなったのか、それを聞きたい。

「あなたは、ことひとですね。あなたを、ずっと待つ者がいます」

男がそうささやいた直後だ。なにかに気づいたように男は腰を浮かした。雪緒は目を見開いた。逃げ出そうとする男に、大きな獣が飛びかかった。その獣は男の首に噛みついたあと、一度障子越しに雪緒を見た。男の首から血しぶきが飛び、障子を汚した。

獣は、男をくわえたまま、駆け去った——。

雪緒は、飛び起きた。

心臓が壊れそうな勢いで激しく鼓動していた。

戦々恐々と障子のほうを見やる。血しぶきのあとはない。あいかわらずの夕闇が広がっているのがわかる——。

（ただの夢だ）

けれども、確信していた。

（夢だけれども、本当に起きたことだ）

誰かが……かつて人であった何者かが雪緒を哀れんで夢を渡り、忠告に来た。あれがなにかの罠だとはとても思えなかった。

けれどそんな男を邪魔に思った獣が襲いにきた。

あれは。

（白狐。白月様）

雪緒は深呼吸をして恐怖をやわらげたのち、文机の下に押しこんでいた小袋から真珠を取り出し、懐に差しこんだ。このとき、文机に載せていたみかん飴の余りがなぜか粉々に砕かれているのに気づいた。雪緒はそれをしばし凝視した。

――白月は非情なばかりではないから、困る。

非情であることを隠しもしないから、困る。

そういう存在なのだとあえて雪緒に見せることは、ある意味、誠実なのではないか。

◎陸・往き(い)は善き宵(よい)、反り(かえ)は暗暗(くらぐら)

その夜以来、黒狐(くろぎつね)は少しずつからかいの中に本気の脅しをまぜてくるようになった。

雪緒(ゆきお)のなにをためしたいのか、「辻(つじ)に残りたくはないか」と不可解な誘いをかけてくる。うなずかねば、にじり寄るお面なしの御霊(これい)をわざと見逃して、少しだけ雪緒を危機に追いこむような真似(まね)すらする。

ひやりとさせるだけだ。御霊の手が雪緒に届く前には確実に始末してくれる。が、いつか本当に見捨てるつもりではないか。

そんな一抹の不安がよぎるのはしかたのないことだろう。

けれども、そうした悪趣味な手抜き以外では雪緒を軽んじることはなかった。むしろ親切だし、積極的に歩み寄ってくる。辻の入り口たる御成門へ出向いては、「まだ宵丸(よいまる)が来た気配はないようだ」と残念そうに知らせてもくれる。これは嘘(うそ)をついているようには見えなかった。

(白月(しろつき)様の真意はどこにあるんだろう)

雪緒にはまだ全容が見えていない。が、白月はこんなところで無意味な行動を取らないはずだ。〈天神(てんじん)〉と詐称することも、御霊の群れを退治することも、雪緒に矛盾した態度を取ることも、きっと一本の線でつながっている。

――その日も、横丁の見世で甘茶を売っている最中に、お面なしの御霊の集団が道に現れた。嬉々として錆びた太刀を振り回す黒狐の姿を眺めながら、雪緒は悩む。

（ぼんやりと宵丸さんの助けを待つだけなのは、つまらない。でもここで私になにができるのか……。なにが起きているのか、よく考えねば）

端午の節句……菖蒲祭のときには、白月はまだ紅椿ヶ里にいた。行方知れずとなったのは、民を失って怨念の坩堝と化した白桜ヶ里の視察へ向かったあと。その後に雪緒と宵丸が白月を追ってきたわけだが――穢れすぎた白桜ヶ里は、朱闇辻を引き寄せてしまっていた。

辻での白月の役目は、鈴音が道連れにした不幸な御霊たちを始末することだという。

（なおかつ辻の中ですごす客たちが穢れぬよう、札をおさめること……）

雪緒は顔をしかめた。どこかおかしい。

いや、不可解な点はあきらかだ。正体などとうに知れているのにそれでもしつこく天神と言いはって、雪緒を惑わせている。これはなぜなのか。

（天神についてもっと追及したほうがいい？）

それともいままでの白月との会話の中に答えがとうに含まれているのか。一筋縄ではいかないお狐様だ。なんでもない会話の中にさらっと重要な言葉をまぜてくる。だが、その重要な言葉とはいったいどれをさすのだろう。

雪緒は薬屋という立場上、多少は神事の作法にも詳しいが、たとえば神々や怪、妖の細かな特性までも網羅しているわけではない。というより数が多すぎて全部はとても把握し切れない。なにしろ神だけでも八百万、存在する。

神といえば。

(もとは誰が、天神だった?)

単なる思いつきだったが、これは意外と核心を突いていないだろうか。白月が名乗る前に、べつの天神がいたのではないか。逆に言うと、その天神が消えたから白月はしかたなしに身代わりになったのでは……?

(うん? どうなのかな。その説でいくと『辻の天神』になる? それとも『白桜の天神』ってことになる?)

……考えすぎて頭が痛くなってきた。宵丸の「それみろ」と呆れた顔が脳裏に浮かぶ。考えすぎるな、論を持って物事を正しくはかろうとするな。いや、だが無知でいるのもだめではないか。

こんなことなら白月の妻であった頃に、里の秘儀のあれこれについてを調べておくんだった。「妻」なら里の秘儀書も借りられたろうに。もったいないことをした!

(……ちょっとだけ白月様と、心の距離が近づいた気がしたんだけれどなあ)

意識はすぐに罪深い元旦那様のほうへ逸れる。肝心の復縁は拒否し続けているくせに、自分のことは気にかけてほしいだなんて、ずいぶんと身勝手な望みではないか。

悩み続けるのはどうも苦手だ。もうこんなにいつまでも気持ちがどっちつかずな状態になるんだったら、一生にわたって欺かれることを覚悟して、復縁の道を選んでしまおうか。

そちらのほうが結果的にすっきりするような気がしてきた。

（そうしたら案外、白月様も喜んでくれたりして。……なんちゃって）

自分に都合のいい妄想を膨らませ、そっと頬をそめたときだ。

「雪緒さん」

背後から唐突に声をかけられ、雪緒は驚きとともに振り向いた。

いつの間に見世の中に入っていたのか、沙霧が後ろに立っている。彼が姿を見せるのは三日ぶり、めし炊き場で会ったときぶりだった。

「沙霧様、来てくださったんですね」

微笑みかけた雪緒の手を、沙霧はすばやく掴んだ。

「雪緒さん、こちらへ」

「えっ、どこに？」

そのまま手を引かれ、見世の外へ連れ出される。

「待ってください、見世を開けっ放しで放置するわけには……、それに天神様がまだ御霊退治を終えていません」

「終えてからでは、あなたを連れ出せない」

　軽く抵抗した雪緒を諭して、黒狐のいる正面側の道ではなく、見世の裏手に延びている細道へと出る。その向こうには隣の横丁に並ぶ見世の背面が見える。

「急ぐ理由を教えてください」

「いいから、早く——僕はこのあいだ、失敗してしまったので見つかりたくないんですよ。あの狐野郎……なんでもかんでも噛みつけばいいと思っている」

　沙霧は早口で罵ると、足をとめようとする雪緒の手を強く握り、細道を大股で突っ切って隣の洒楽横丁へ向かった。細道にしゃがみこんで煙管を一服していた猿のお面の客が、胡散臭げに雪緒たちを見やった。

（失敗？　なにを？）

　疑念を膨らませた瞬間、なぜかみかん飴の甘ったるさが口内に蘇った。そうだ、それをもらった夜、なにか奇妙な、おそろしい夢を見た……。

　沙霧は洒楽横丁も通り抜けてさらに隣の道へと進む。道の中央を通ると目立つからだろう、沙霧は片側に寄って進んでいる。

　早足での移動だったため、雪緒はいくどかつんのめりそうになった。行き交う客が迷惑そうに道を開ける。

　目の端に、赤く輝く提灯の色がちらちらとよぎる。ざわめきの中に、時折太鼓の音が響く。空を仰げば、まざり切らぬ茜と紺の二色。ある見世からは霧のようにもくもくと湯気が立ち上り、またある見世からは流れるような口上が……。提灯の赤さが目にしみる。

なぜかこのとき、七つの子という歌を思い出した。これはどこで覚えた童謡だったか。懐かしいのに思い出せない。

「どこへ行くのですか」

雪緒は問いを絞り出した。先を進む沙霧の歩調がわずかにゆっくりになる。

「あなたの望むところへですよ」

と、沙霧は曖昧（あいまい）な返事を寄越す。

「沙霧様、私の望むところは……白月様のそばなんです」

少しだけ「宵丸のもと」という言葉と迷ったが、結局素直に心情を打ち明けた。

沙霧はちらりと雪緒を見た。梟（ふくろう）のお面越しではあったが、こちらの様子をつぶさに観察しているのがはっきりとわかる。

「嘘だ」

彼はなぜか断言した。

「本音をお言い。雪緒さんは淡い恋情の成就よりも、もっと大事な望みを抱えているだろう？」

「……薬屋業で大成功して富豪になりたいです」

偽らざる本音を漏らせば、沙霧は一瞬「なんの世迷い言を抜かしているんだ？」といった正気を疑うような気配を漂わせた。

雪緒はもう一度、丁寧に自身の欲望を明かした。

「薬屋業で驚くほど儲けたいです。山のように富を積み上げたあとは安全な場所に引きこもって、悠々自適の生活を送りたい」

「雪緒さん、戯言はそこまで」

残念ながら雪緒は正気であり、本気だった。恋が報われずに砕け散る定めなら、せめて仕事で成功したいと野望を抱くのは、人であればごく当然の話じゃないだろうか？

「違うでしょうが。あなたは、ことひと、でしょう！」

焦れったくなったらしく、叱る口調で言われた。

「ええ、たぶん」

薄い反応になってしまった。さらに焦れたのか、沙霧が大きく息を吐く。

雪緒はよくわからない会話に首を傾げつつも、置いてきた黒狐のことが気になってしかたなかった。その一方で沙霧の、肩に滑り落ちる長い髪の美しさに感嘆してもいた。同じ白髪であっても、白月のほうは絹糸のようなきらめきがある。沙霧のほうは雪のように輝きを吸収してしまう深い白だ。どちらも好ましい白だった。

「なら、あなたの望みは、ただひとつじゃないか」

沙霧は吐き捨てるように言うと、ふたたび強い力で雪緒の手を握り、先へ進んだ。

——黒狐を出し抜きたいという意図が沙霧の中に隠されているのはわかる。そしてそれが雪緒のためになると考えているのもわかる。また、いまの彼に雪緒を傷つけるつもりはないのだということも。

(困ったな)

黒狐のもとに戻りたいが、力で沙霧に抵抗できるわけもない。

隙をついて逃げることも視野に入れてみたものの、それとてできれば避けたい選択だ。沙霧には屋台を用意してくれたという恩がある。

しかし、やはり優先すべきは黒狐だろう。そこに考えが落ち着き、沙霧をとめようとしたが、ふと雪緒は目を見張った。

「……もしかして社のほうへ行こうとしていますか？」

沙霧は答えない。

「なぜ？　あそこは札をおさめる場所ですよね。ですが私はそのための札を持っていません」

彼の手を振りほどこうとしても、思った通り力ではかなわない。

「ねえ雪緒さん。つかぬことをうかがうが、いまも真珠は持っている？　琥珀でもいいが。もしないのなら、私のをあげますよ」

いきなりなんの話なのか。

「真珠なら、ありますけど」と警戒しつつ答える。——あの夜以来ずっと携帯しているのだ。

「そう、それはいい。なくさぬようにしてください」

「なぜそんなことを？」

「いずれわかります」

いずれではなくいま教えてほしいし、もっと言うなら足をとめてほしい。

「沙霧様、待ってください。私やっぱり天神様の、白月様のところへ戻りたい」

「──雪緒さん。僕は、純血の人の子が、性根の腐り切った化け狐に娶られるくらいなら、いっそあなたの命を潰してしまいたいと思っています」

雪緒はひゅっと息を呑んだ。

「でもできるなら、それは最後の手段にしたい。しかし、よりによって、なんであの狐を選ぶかな。大妖などと自負しているが、しょせんはけだものですよ」

「……けだものの怪は里にもたくさんいますよ。白月様だけではありません」

「じゃあ、御館の位に目がくらんだのか？」

「私にとっては、あまり嬉しい身分ではありませんね……」

白月が普通のお狐様だったら結婚生活はうまくいっていたのかもしれないと思う。

「そんなに白月様がお嫌いですか？」

「驕らずに畜生らしく振る舞うなら、とくに文句はない」

一貫している。

「あなたも謎めいた人だ。あれだけ偽りに満ちた態度を取られているのに、それでも白月を慕うのか？」

　ばかなのか？　と言外に呆れられた気がする。

「沙霧様。恋って、理からもっとも遠いところにあるばかげたものなんだと思います。……恋で死ぬことはないけれども、死のうと、殺してほしいと、そう思うことはできる。思わずにはいられない。私、途方もなくばかな恋をしています」

「幼子のようなことを言う」

「いいえ、子どもではないから、ばかになれるのです」

　沙霧が立ち止まり、おそろしいものを見つけたように雪緒を振り向く。

「死にたいのか？」

「あぁ、そうです、きっと」

　そういうことなんだろう、と雪緒は自分の心の底をのぞきこむ。

「私、本当は、恋するままに息をとめたいんだと思います。でも、殺してと頼んでも白月様は叶えてくれないですよね」

　白月は、雪緒に恋をしていない。打算の愛ならあるだろう、理性的に愛を生み出せるだろう。

「それでいいのか」

「よくないです。苦しくてたまらないのですが、どうにも初恋が消滅してくれないので……」

初恋が魂に刻まれてしまっているのかもしれない。だがしかたがないのだ。幼い頃、迷子になって凍えていた雪緒を白月だけが見つけてくれた。あのもふもふとぬくもりが、雪緒の命に息吹を与えた。

――気まぐれな慈悲だろうがなんだろうが、彼は意思をもって雪緒を生かそうとしてくれた。恋をするに、じゅうぶんじゃないか。

(もうあきらめて、白月様の手を取ってしまおうかな)

ここまで意地になってがんばってきた。だから今度は意地にならないようがんばるか。

つらつらとそんな考えをこねくり回しているあいだに、沙霧と指が離れていたことに気づく。

(あれ?)

我に返ってあたりを見回せば――誰もいない。沙霧さえも。

「いつの間に――」

雪緒はその場に立ち尽くし、おののいた。

これが辻のこわさだ。

なんの前触れもなく、蝋燭(ろうそく)の炎がふっと消えるようにざわめきが消失し、無人になる。太鼓や笛の音も消え、凍りついたような無音が訪れる。

目の端には、赤い提灯の輝きがちらちらと。青、紫、緑、黄の幟(のぼり)がぬるい風に揺れている。

動くものはそれだけだ。空は変わらず、茜と紺の二色。そういえば、ここは里のように五色の瑞雲が流れてこない……。

（呑まれちゃだめだ）

頭をぶんぶんと振り、雪緒はズレたお面を元に戻す。深く息を吸って、吐いて。

すぐにまたざわめきは戻る。沙霧も戻ってくる。

それにしてもこのふしぎな無音の刻、果たして『消えている』のは自分のほうか、自分以外の者たちなのか。

考えると、胸が苦しくなってくる。

もう一度深呼吸をしようとしたときだった。息を吸いこむ途中で雪緒は、ぴくっと身を揺らした。

（いま、なにかが）

脇に垂らしていた手に触れた。

自分の手に誰かが指をするりとからめている。

小さな、ひんやりした指だ。

「――」

恐怖で身体が石のように硬くなる。息が詰まり、うなじから背筋にかけてざわざわと鳥肌が立つ――。

「おとや、おと」

童女特有の、軽やかな高い声が隣から響いた。

雪緒はゆっくりと、信じられない思いで隣を見下ろした。

最初に目に映ったのは、手触りのよさそうなつやつやした黒髪だ。そして、紫陽花色(あじさいいろ)のかわいらしい着物。袖(そで)から伸びた白骨のように細い腕……、童女の指が雪緒の手をきつく握っている。

「おと、お帰りよう」

童女が顔を上げて雪緒を見た。種字にも鳥居にも見えるような模様が額部分にある白い犬のお面をつけていた。

飯楽(めしらく)横丁で目撃したあの童女だ。

「帰れと言ったのに、どうして聞かないの」

童女がことりと首を傾げて問う。

「悪い子ね、おと」

雪緒は言葉なく童女を見つめ返した。

「知らずこちらへ立ち入ったの？　こわいこわい辻なのに」

指を振りほどきたいのに、金縛りにでもあっているかのように身体がぴくりとも動かない。

冷たい汗がこめかみをつたう。

ぽちゃん、と小さな水音が耳に届いた。雪緒は細く息を吐き出しながら、自身の衣の袖へ視線をずらした。袖に泳いでいた金魚たちが狂ったようにぐるぐるしている。そしてぱちゃぱちゃと袖から飛び出していく……。

「――あなたは誰？」

雪緒は地に墜落して消滅した金魚たちを眺めたあと、震える声で尋ねた。

金魚が衝突した地面には、小さな穴のような水たまりができていた。

童女は、先ほどとは逆側にこてんと首を傾げた。

（あぁしまった）

自分の失敗を悟り、雪緒は唇を噛みしめた。

声を出してはいけなかったのだ。相手を認識してはいけなかった、問いかけてはいけなかった。それをすると、童女の存在を受け入れることになる。

「あたしが誰か、わからないの？」

「……知りません」

「おまえのお名前を言いなさい。あたしのおと」

おと、とは妹を示す。

正体不明の不気味なこの童女は、言霊（ことだま）をもって雪緒と自分を強引に結びつけようとしている。

その後なにを仕掛けてくるつもりなのか。雪緒をあやつるのか、身を乗っ取るのか。

どれもぞっとしない想像だった。

「早くお返事なさい」

怒鳴られているわけでもないのに肩が重くなるほどの威圧感がある。気迫負けして名を漏らしてしまいそうだ。雪緒は奥歯に力をこめて踏みとどまった。

(この子は宿にも現れている)

障子越しに声をかけられたことがあった。

そのときのようにしつこく名前を探り出そうとしている。

「おまえはあたしのおとなのよ。でもお名前が思い出せないの。お言いなさい、かわいい子。呼んであげるから」

「よ、呼ばれたくありません」

相手を怒らせるような発言をしてどうすると自分でも呆れたが、ここで少しでも弱気な態度を取れば、勢いに呑まれて屈してしまいかねない。

「だめよ、お言い」

童女の声に険しさがにじみ始める。つながれている指にもぐっと力が入る。

「お言いよ、さあ。あたしが呼ばねば誰が呼ぶ」

「呼ぶ者はほかにいます」

「おまえはあたしに呼ばれねばならぬのよ。ずうっとずうっとおまえを捜していたのだもの。逆らわずにお言いったら」

嫌です、と自分の口からかすれた声が漏れる。

「あぁ意固地だ、悪い子よ、おと。悪い子を、どうしようか……」

ぐいと童女が雪緒の手を引っぱった。こんなに小さな子なのにすごい力だ。手を振り払うこともできぬまま雪緒は無人の道を歩かされる。

「手を離して、私はあなたと行けません！」

「行くのよ。心配せずともあたしがちゃんと連れていってあげるわ」

童女がくすくすと笑う。楽しげな響きに寒気が走る。この子の、からころという下駄の音と雪緒の沓の音が重なり、静まり返った道に異様なほど響き渡った。

童女が向かっているのは御成門のほうだ。

焦りと恐怖が交互に胸に押し寄せる。辻を出るわけにはいかない。

「嫌だと言っています、私、どこにも行きたくありません！」

御成門をすぎたあと、どこへ連れこまれるのか。生きて戻れる気がしない。雪緒は足に力を入れて踏ん張った。

童女が雪緒の抵抗を、呆れたように見やる。

「おまえは本当に悪い子だ、あたしの言うことをちっとも聞かないひねくれ者。名も言わぬ、従おうともせぬ」

「従うわけがないでしょう！」

とっさに言い返した瞬間、童女の全身から怒気がゆらりと陽炎のように立ち上った。

「あたしの言葉が聞けないっていうの」

ひややかな声が恐怖心をあおる。

雪緒のお面の左右に垂れている布のような手触りの蝶が、たまりかねた様子でするりとほどけ、宙へ飛んでいった。と同時に、ぴきっとお面にひびの入る音も響く。

「……っ」

雪緒は慌ててお面を押さえようとした。その仕草よりも早くお面が真っ二つに割れ、地面に落下する。とっさに片腕で顔を覆い、雪緒はその場にうずくまった。

見られたらいけない。お面なしは、襲われる……。

（白月様……！）

無意識に心の中で呼んだ相手は、元旦那のお狐様だった。

助けてと訴えたいわけではなかった。彼に黙って沙霧と見世を離れたことを、結果的に出し抜くような真似をしたことを、いまさら謝りたいわけでもない。

もしもここでわけもわからぬまま殺されるのなら、ちょっと残念と思っただけだ。

やっぱり白月の手を取ればよかった。

未来をおそれて臆病になりすぎた。言い訳を重ねすぎた。そんな弱い狡さがいったいなんの糧になるのか、なにをなせるのか。

（変われる機会がほしかった）

走り出せばよかったと後悔するのは、いつだって取り返しのつかないところまで追いこまれたあとなのだ。そこまでいかなければ動けないのが、いかにも「人」らしい。

「――」

食われるか、祟(たた)られるか、首を落とされるか。

むごたらしい死に方をあれこれと想像して、じんわりと目の奥が熱くなったとき。

「おと」

ぽすりと小さな手が頭に載った。

「泣いてしまったの？　あたしが叱ったから？」

雪緒は息を詰めた。童女が雪緒の前に屈(かが)みこみ、様子をうかがっている。その動きに、おそろしさは感じなかった。いかにも幼子らしい純粋な気遣いだけがある。

「おまえは泣き虫ね」

困ったような声だ。

「甘ったれの泣き虫さんには、お菓子をあげる」

つながれたままだった指が離れ、その代わりに、なにか小さな硬い物を握らされる。雪緒は腕から少しだけ顔を上げ、怖々とその物体を確かめた。

半透明の紙に包まれた、賽子(さいころ)くらいの四角いものだった。

「キャラメル……？」

雪緒はつぶやいた。キャラメル……、とはなんだったか。

思わず身を起こそうとして、慌てて顔を腕に押しつける。

お面がないのに、見られるわけには――。

「どうしてそんなに必死にお顔を隠すの？　あたしにお見せなさい」

「だ、だめです」

答えながら、雪緒は激しく混乱した。この童女は何者だ。自分を殺すつもりではなかったのか。ではなぜ目の前に現れた？

（いや、ここに私を誘導したのは、沙霧様だ）

沙霧は雪緒の命を潰したいとこぼしていた。が、できるならそれは最後の手段にしたいとも言った。しかし状況だけを見れば、雪緒が危機に陥るよう手引きしたのは沙霧で間違いない。

いまの段階で殺す気はないが、童女とは会わせたかった？　なんの目的で？

（沙霧様は童女の正体を掴んでいる？）

だとすると、なぜすぐに教えてくれなかったのだろう。それに彼に対しては、ほかにも疑問がある。あのみかん飴とその夜の夢についてだ。

沙霧の行動にどんな意味があるのか考えていると、童女が「顔を上げなさい」と再度要求してきた。

「だめです、できません」

「どうして？」

「……お面が、割れてしまったから」

短い沈黙が流れた。しばらくして童女がごそごそと動く気配がした。

（なにをしている？）

その後、またぽすんと頭になにかが載せられる。

「じゃあ、それをあげる」

「――え？」

雪緒は手探りして頭に載ったなにかを確かめた。

お面だ。

雪緒のではなく、童女のつけていたお面。

はっとし、顔を上げようとした直後。


「あ――」

「この、腐れ木霊野郎が」


怒りに満ちたお狐様の声が降ってきた。

それから、ぱんっとなにかをはじく音。童女が悲鳴を呑みこむ気配。

ぐるりと視界が回転するような不快な感覚に襲われ、雪緒は思わず身を竦めた。

「……えっ⁉」

瞬きの合間に、道にざわめきが戻っている。行き交う客たち。口上に太鼓の音。あちこちで赤提灯の明かりが揺れ、見世の屋根には太い飾り紐が蜘蛛の巣を作り、傘をさす女郎蜘蛛が気取った様子で渡り……。

――童女の姿は消えていた。

雪緒は緩慢な動きで身を起こし、状況を把握し切れぬまま、賑わう周囲を眺めた。手には一粒のキャラメルと、犬のお面があった。

茫然としながらも、そのお面を無意識に装着しようとしたときだ。

「雪緒」

目の前に、影が落ちた。

お面をつける手をとめ、雪緒は視線を上げた。黒狐がそこにいた。ゆらっと揺れる尾に深い怒りを感じる。彼の衣に咲く梅も、感情の激しさを示すようにざあざあと揺れていた。

「なぜ木霊野郎についていった？」

真っ先にそこを問われ、雪緒は困惑した。

沙霧の行動も気になるが、いまはここで起きたことについてをまず聞いてほしい。そちらのほうが重要ではないのか。雪緒はそういぶかしんだが、お面越しにであっても黒狐が問いの答え以外を許さぬ目でこちらを見下ろしているのがわかる。

「なぜ俺を出し抜こうとした。あの木霊野郎と謀ったか」

「――いいえ、そんなこと、していません」

声音に抑揚がない。本気で怒っている。

(白月様が、こわい)

気迫に押されるようにして一歩下がれば、そのぶん距離を詰められる。ゆらりとまた、黒狐の尾が揺れた。

「――その面は、誰の物だ？　誰に渡された」

黒狐が装着しているお面の目が薄く開かれている。雪緒の手にあるお面を警戒している。どう答えるべきか迷い、あたりに視線をさまよわせたところで、道を行き交う客たちからも凝視されていることに気づく。唖然(あぜん)としたが、すぐに自分が無防備に素顔を晒(さら)していることに思い至り、背筋が冷えた。

(お面なしは襲われる)

急いでつけようとする雪緒の腕を、黒狐が強い力で掴み、阻む。

「臭い。ひどく臭うお面だ。捨てろ」

「――でも、私のお面は」

割れてしまったのだ。答えながら足元を確認すれば、そこに落ちていたはずの雪緒のお面は跡形もなく消えていた。

「それは捨てろ、雪緒」

「ですが、つけねば危険が——ほ、ほらっ！」

新鮮な肝を持つ人の子だとわかったのだろう、雪緒をじっくり眺めていた客の一人が喜び勇んで飛びかかってくる。しかし。

「うるさい‼」

その客を、黒狐が一喝とともに片腕で薙ぎ払った。

「俺の邪魔をするな‼　食らうぞ‼」

いまにも襲いかかってこようとしていたほかの客たちが、黒狐の怒声に押され、びゃっと飛び上がって後退する。対する黒狐はそちらを一顧だにしない。

ただひたすらに雪緒を見据えている。

「雪緒、俺は、おのれが他者から欺かれるのは好きじゃないんだ」

言い聞かせるように言葉を区切っている。先ほどとは打って変わって温度のない淡々とした声だ。それが逆におそろしい。黒狐は静かに怒り狂っている。

「おのれの獲物を誰かに横取りされるのも、好きじゃないんだ」

その獲物ってまさか私、と雪緒はおののいた。

（……このお狐様に殺されたい、なんていう軽率な願いを抱いたの誰だ！　私か‼）

黒狐は無言で雪緒の手からお面を奪った。

抵抗などできるはずもなかったが、渡したいとも思っていない。

だが「返してほしい」という雪緒の懇願の視線は黒狐の心に響かなかった。彼は無情にもお面をばきっと割って、地面に落とした。

その乾いた落下音を聞いた瞬間、胸が痛んだ。

どうしてなのか、深く斬りつけられたかのように、とても痛い。

「……まだなにか、手に持っているな」

黒狐は詰問の刃をおろさない。

お面を持っていた側とは逆の手に、キャラメルがある。とっさに雪緒はそれをぎゅっと強く握った。

（これは、奪われたくない）

大事な物だとはっきり思った。たとえ黒狐が相手だろうとも渡せない。奪わせない。命にかえても守らねば――そんな激しい決意が迸るほど、価値のある物だ。

「雪緒、俺をあおるつもりなのか」

「違います」

黒狐の怒りの気配が濃くなる。怒りの感情に引きずられて妖力も膨れ上がったというほうが正しいのかもしれないが、人の子の雪緒にはその違いがよくわからなかった。

「渡せ」

「な、なにも、持っていません」

とっさに嘘をついた自分が、信じられない。

黒狐も、信じられない言葉を聞いたというように尾の動きをとめ、短いあいだ沈黙する。

「……黄泉竃食いについて、前に教えたろう。辻の住民ではないおまえが不用意に口にしてはならない」

「はい、覚えています。でも、大丈夫です」

——なぜか雪緒は知っている。このキャラメルは、きっと黄泉竃食いにならない。雪緒を苦しめるものではない……。

「俺が優しいうちに、甘やかしているうちにそれを渡せ」

「わ、私は、本当になにも隠してなんか」

黒狐が近寄った。沓の先がぶつかる距離だった。

「賢くないぞ、雪緒」

黒狐がぐっと雪緒の腕を掴み、唸るように言う。そして、もう片方の手にある錆びた太刀から乱暴に鞘を落とし、ひゅっと雪緒の首に押しつけた。

「白月様！」

渡さないと首を落とす――怒りを秘めた強烈な気配でそう訴えてくる。

身体が自然と震え始める。立っているのもやっとというほどおそろしいのに、どうしてもこれを手放したくない……。

無言の攻防の後、先に声を発したのは黒狐だ。

「――好きだ、妻になれ、雪緒」

幻聴かと思った。

雪緒はぽかんと彼を見つめた。

「おまえが好きだ」

「あ――」

「おまえと同じだけの恋情を返してやる。俺にそこまで言わせるのは、おまえだけだ」

好き、という言葉を、恋の言葉を、ずっとずっと待ち望んでいたはずなのに血の気が引いた。

歓喜とは対極の、心が軋むような悲しみが胸に広がり、目の奥を痺れさせる。ぐらっと視界が揺れたような気もした。

(ひどい)

笑ってしまうほどひどいお狐様だ。恋すら、温度のない手で道具のように利用する。

「嫌い――嫌いです!!　私は、嫌い!!　渡しません!!」

欺かれたのが、反抗されたのが許しがたいから、彼は雪緒の心の一番やわらかいところに錆びた太刀を突き立てたのだ。

(私が、それでもこの痛みを耐え抜くと高をくくっているんだろうか!?)

たかが恋ひとつであろうとも、息もできないほどつらい。

「死んでも渡さない!!」

「雪緒、誰に言っている」

「絶対に、渡さな……っ」

「俺がおまえを殺さぬと見くびっているのか!?」

「死んでもいい、渡すくらいなら死にます!」

「雪緒!!」

報われないことなんてとっくに知っている。だからって、悲しむことすら放棄したわけじゃない。

「私は白月様のために死ぬ、どんな理由だろうとそうする、死を捧げると決めた、それだけです。そう誓っているんだから、そんなに殺したければいつでも殺せばいいんです……!!」

ぶわっと目の奥から涙が噴きこぼれた。

途端、黒狐が怯(ひる)んだように雪緒の腕を掴む手の力をゆるめる。

その瞬間を見計らっていたように——雪緒は、ひゅっと誰かに勢いよく腕を横へ引っぱられた。

「走れ！　逃げなさい、雪緒さん」

「あっ？」

引っぱられた勢いのまま、雪緒は乱暴に突き飛ばされた。そんな行動で雪緒を黒狐から遠ざけたのは、いつの間にか接近していた沙霧だった。雪のように真白な長い髪が乱れて、彼の褐色の頬にかかっている。赤の衣と、揺れ動く髪の色の対比が美しいと雪緒は頭の片隅で考え、つかの間ぼんやりとした。沙霧は幻想的な男だ。白月以上に神秘的だ。

「腐れ化け物が……」

黒狐が地を這うような声で言う。それを聞いて雪緒は我に返った。

「外道の化け狐なんかに、人の女はもったいない。身の程を知れ」

彼と向き合った沙霧も、似たような声で応酬する。

「おのれの髪で首をくくらせてやる。雪緒、見ていろよ、この腐れ化け物をおまえの前で叩き潰してやる」

「雪緒さん、早く行け!!」

黒狐が勢いをつけて太刀を沙霧に振り下ろした。彼に避ける余裕はない。

雪緒が息を吞んで見つめた瞬間、沙霧の姿がかき消え、大量の白い花びらがその場にぱっと散った。すぐさま花びらはひとつ箇所に集結し、ふたたび沙霧の姿を形作る。

（そうだった、沙霧様は花姑の血を継いでいる）

木霊の性質も持つ。自在に姿を幻へと変えられるのだ。

胸を撫で下ろしたあと、雪緒はひとまずキャラメルを衿のあいだに突っこんだ。

ここは沙霧の言葉に従って逃げよう。あのように宣言した手前、雪緒が残れば黒狐はなんとしてでも沙霧を殺そうとするだろう。一旦距離を置いて、冷静になる時間を作ったほうがいい。それに雪緒自身もいまは黒狐から離れていたいという思いがある。

（……でもなんで私、味方のはずの白月様から逃亡するはめになっているの‼）

おまけにこれ以上ないというほど言葉の刃で傷つけられた。心が串刺しにされた。

本当にあのお狐様はなんなのか。妻になれと望みながら冷然と脅すわ殺意を向けてくるわ欺きまくるわ、もう散々ではないか。こんなにひどい求婚者がほかにいるだろうか？

（人の子なんかに、あんなにむきになっちゃって！）

八つ当たりも兼ねつつ心の中で黒狐を詰る。

短い結婚生活の中ではいつも涼しい顔をしていたくせに。宵丸に対してだって、砕けた口調で話しながらもどこか超然とした雰囲気を崩さなかった。彼の妹の鈴音と対峙しているときも。他者を寄せつけぬ支配者としての風格があったのだ。

けれどもどうだ、さっきの黒狐ときたら！

本気で怒って我が儘をぶつけてこなかっただろうか。こちらの話を聞こうともせず！

おまけに天神の演技もしていない。お面持ちの客に対しても、襲ってきたら本気で食らいつくんじゃないかというほど苛立っていたし。

(恋心なんてないくせに、好きとか平然と言うし)

じんわりとまた涙があふれ始めたが、感傷にひたる時間ももらえない。

混乱続きですっかり忘れていたが、いまの雪緒はお面なしの状態で横丁を走っているのだ。袖の金魚も見事に消えている。

道にたむろする客たちは、雪緒がそばを通ると動きをとめて物欲しげな視線を寄越してきた。

(これって、逃げたほうがまずかったかもしれない)

足をとめた途端に襲撃されそうな気がする。

走りながらもおずおずと振り向けば、思った通りぱらぱらと雪緒を追いかけてくる客の姿があった。それがいかにもおいしいものの匂いにつられてという欲望丸出しの雰囲気で、全身に鳥肌が立つ。

黒狐たちのもとに戻ろう。雪緒は決意した。

先ほどまで抱いていた「黒狐から離れたい」といった切ない気持ちはきれいさっぱり吹き飛んでいる。辻の客らに生きたままばりばりと食べられるのはごめんだ。

なんとも現金な自分に雪緒は少し呆れた。死んでもいい、などと恰好つけてみたが、やっぱり図太く生きていたいというのが本音なのだ。

死ぬ覚悟、なんてそもそも究極のものじゃないか。そんな覚悟ができるんだったらほかのどんな苦難だって乗り越えられるだろう。

雪緒は立ち止まり、肩に力を入れた。

(生き残ってやる!)

くるりと身を翻し、元来た道を戻ろうとする。が――。

「!?」

いきなり背後から誰かの腕がぬるんと伸びてきて、腰にきつく巻きついた。

泥まみれのぬるぬるした黒い腕だ。

振り返って確かめずともわかる。お面なしの御霊に捕まったのだ。

雪緒は深く息を吸い、そして、

「白月様ー!!　あなたの妻が攫われそうですー!!」

と、遠慮なく絶叫した。

「来てくれないと、もう私……御霊と冥婚するんだからー!!」

果たしてこんな間抜けな脅迫であの気難しいお狐様が動いてくれるのかどうか。しかしあれやこれやと予想外の出来事が連発したせいで、雪緒は自分でも制御できぬほど自棄になっている。生き延びるためなら、白月の怒りさえ使ってやる!　という心境だ。

「早くっ、奪いにきてよー!!」

通りに、雪緒の悲鳴のような大声が響き渡る。食われる前にぜひ来てほしい。

御霊は雪緒の声に、一瞬怯んだ素振りをみせた。だが、次の瞬間には雪緒の身を供物のように両手で高々と掲げ、道を進み始める。

「ええっ!!」

気がつけば、何体もの御霊がまわりに集まっている。かろうじて人の姿を保っている泥まみれの影のような、薄気味悪い姿。顔の造作ははっきりしないが、襤褸(ぼろ)切れめいた黒衣をまとっているようだ。道の客たちは、雪緒を物欲しげに見つめながらも残念そうに引き下がった。欲を満たす以上に、御霊の集団には近づきたくないという気持ちが強いのだろう。

御霊が向かったのは、寂れた社のあるほうだ。

雪緒は御霊に掲げられた状態で、あたふたと自分の帯に手を突っこんだ。

(こんなこともあろうかと！　柚(ゆず)の皮を懐に忍ばせていたんだよね！)

それを急いで口の中に放り、何度も噛んで、ごくんと無理やり飲みこむ。その直後、炎にでも触れたかのように御霊たちがぎゃあぎゃあと泣き、雪緒から荒っぽく手を離す。

「いっ……た！」

さほどの高さではなかったが受け身を取れずに地面に転がる形になり、自然と呻(うめ)き声が漏れる。肩や背中に走った痛みをこらえてすぐに身を起こし、全力疾走する。柚の皮は魔除(まよ)けの道具になる。が、胡桃(くるみ)や鈴ほどには強力じゃない。すぐに魔除けの効果は消えてしまう。

(その前に……っ)

御霊が追いかけてきている。強気な客らもぱらぱらと。

雪緒が目指すのは、社だ。どれだけ寂れていようとも社は社。聖域である。……はずだ。

「こ、来ないでよー！」

ちらっと振り向けば、幟や木々が地面に作る影から新たな御霊がぬるっと出現し、雪緒のほうを見据えるところだった。その様にぞっとしながら社へ急ぐ。もう少し。あと少し走れば斎垣（いがき）に届く。

（息、が、あがる！）

ろくろ首のように伸びてきた腕をかわし、転がる勢いで垣内へ突っこむ。

振り切った、と喜びながら背後を確かめれば、御霊たちが四方八方から斎垣に飛びつき、がりがりと齧（かじ）り始めていた。雪緒は青ざめた。斎垣が壊されるかもしれない。

這うような体勢で参道を突き進み、社の向拝を上がる。

その瞬間、なぜかいきなり社の扉がばたんと開かれた。しばしぎょっとしたが、「ええいっ」と勢いよく社の内部へ駆けこむ。

「え……」

小さな内陣だった。広さはおよそ十畳か。四手を垂らした低い格天井。左の板壁の前には大鼓に御幣、右の壁には紅葉模様の行灯（あんどん）。中央にはなぜか榊（さかき）を飾った小さな朱色の鳥居が設けられており、その向こうに小型の祭壇が置かれていた。目を凝らしてみれば、祭壇の上には見覚えのある、ぐねぐねした形状のつるぎが置かれている。

（社の内部に鳥居……？　それにあの宝物はご神木で作られている、〈ちはふちからしばのつるぎ〉……と、鈴!?）

見覚えのある鈴がつるぎの横にころりと転がっている。雪緒が少し前に、御成門へと転がしたものだ。

鈴とともにつるぎがある、ということは。

（このつるぎを置いたのは、宵丸さん？）

本人の姿はどこにもないが、宵丸に違いないという確信が生まれる。いや、そう信じたいだけかもしれない。

雪緒は、思い切って鳥居の内側に腕を伸ばした。鳥居の高さは雪緒の背丈くらいだ。

鳥居の向こうへ腕を通した瞬間、少しだけ空気が変わった気がした。

この奥へは入らないほうがいい。根拠はないが、胸には確かなおそれが生まれている。つるぎを引っつかみ、たぐり寄せるだけにとどめる。

つるぎを胸に抱きこみながら、雪緒はぼんやりと考えた。この社の仕組みがなんとなくわかったかもしれない。

（ここは札をおさめる場所。そして、どこかから奉納された供物を受け取る場所だ）

胸の中のつるぎを見下ろす。紅椿ヶ里に祀(まつ)られていた本物の〈ちはふちからしばのつるぎ〉

で間違いない。雪緒は以前、このつるぎに、白月と夫婦の誓いをしている。

おそらく宵丸は、このつるぎで身を守れ、と言いたいのだろう。

「……いや、待って。私、単なる薬屋だから。つるぎなんて使えないから……！」

ここにはいない宵丸に向かって叫ぶ。あの黒獅子（くろじし）は、なぜか雪緒のことを争いにも動じない剛胆な娘と勘違いしている節がある。過大評価というか。

（社は安全なはずだ。助けが来るまでここにいよう）

雪緒はつるぎを胸に抱えたまま、その場に座りこんだ。心臓がおそろしい速さで鼓動している。外まで脈を打つ音が響くんじゃないかというほど。

「宵丸さん、神霊に化けてでもいいから来てください！」

むちゃくちゃなことを要求しながら、つるぎをぺしぺしと叩く。

と、そのとき、ばんっと勢いよく板壁が鳴った。雪緒は動きをとめてそちらを見やった。誰かが外から壁の羽目板を叩いている。

（垣内に侵入された！）

聖域が崩れた証拠だ。

しかしただの御霊にしては気配が強すぎる……。

ばん、ばん、ばん、と間断なく壁が何度も叩かれる。よくよく見れば、そのたびに、板壁に黒い手形が浮かんでいた。

雪緒は息を呑んでその不気味な痕跡を見つめた。しだいに手形の色が濃くなり始めている気がして、肌が粟立つ。

板壁がみしみしと嫌な音を立て始める。縁を歩くぺたぺたという音も聞こえた。

「出ておいで」

誰かがささやいている。不安定な声だ。嗄れているようでもあり、女のように高くもあり、呪わしげでもあり……。

「ねえ、おまえは紅椿の薬屋だろう？」

「……えっ」

だめだとわかっているのに、雪緒は正体を言い当てられて、つい声を上げてしまった。途端に板壁を叩く音が激しくなる。

(誰が私のことを呼んだ？　御霊って自我を保っていられるの？　やっぱりべつの存在？)

雪緒はつるぎを抱える腕に力をこめた。

このつるぎ、せっかく送ってもらったのに無用の長物と化している。

「ねえ、そうなんだろう。薬屋だろう？」

「怯えなくてもいいのよ。おまえを殺すつもりはないよ」

女の話し方のように思える。

「おまえに頼みがあるの。私たちの夫を蘇らせておくれ」

「愛しいばかな夫」

「悪賢い牝狐に騙されて災神になってしまった」

板壁を叩く者たちが、滔々と、恨めしげに訴える。

「私たちは知っている。人の子のあやつる禁術は、おそるべき外法だ」

「禍神をも生み出せる」

「なら、私たちの夫を蘇らせることもできよう」

そこまで聞いて、雪緒は、あっと叫びそうになった。それを、すんでのところでこらえる。

(この御霊たちって、白桜ヶ里の元長の妻たちでは？)

白月の妹狐である鈴音が殺した、長の蓮堂。白桜ヶ里の長に関してはあまりいい噂を聞いた覚えがない。力ある大妖だが残忍で女癖が悪いという。確か、多くの妻を持っていた。

「祀られぬわけにはいかぬ」

「私たちの夫よ」

「蘇らせておくれ」

雪緒は彼女らの訴えを愕然と聞く。

(長の復活を望んでいる。それも、祭神としてではなく、もとのままの、夫としてだ)

悪い評判しかなく、手当たり次第に女妖に手を出しては子を産ませていたようなろくでなしの大妖だ。おまけにほかの女……鈴音にまでいれあげ、まんまと殺されている。しかも里を引っくり返すほど穢されて。郷の歴史に残るほどの愚劣な里長になるだろう。

——けれども、妻となった者たちは、御霊と化したいまでも夫を求めている。

雪緒は衝撃を受けた。蓮堂自身のだらしなさも、悪評も、非情さも、愚かさも、妻たちには関係ない。望むのは、ただもう一度会うことのみ。

そういう、他人から見ればばかげているとしか言いようのない感情を、雪緒だって知っている。

(とても好きなだけだ)

それだけだ。どうしようもないのだ。

傷つけられたって、無視されたって、好きでしかたがない。

雪緒は、つるぎをいったん目の前に置き、手をついて深く頭を下げた。

(ごめんなさい。私の術は、蘇生は不可能だ)

雪緒の禁術は、あくまで新しくなにかを生み出すというものだ。

「返事をおし、薬屋」

「もしやあの牝狐の味方をするのか」

「ああ悔しい」

「蘇らせろ、そうせねばおまえも常闇(とこやみ)に引きずりこんでやる」

「来い」

「来い、来い」

多少の自我は残っていても、すでに彼女らだってお面なしの御霊に成り果てている。怒りは瞬く間に呪いと変わり、おのれの身を穢す。そうして正気を失い、激しく板壁を叩き始める。

雪緒は顔を上げると、つるぎを引っつかんだ。立ち上がり、じりじりと後退する。

すると今度は背を向けていた側の板壁から激しく体当たりする音が響く。

ぞっとしてそちらを向いた途端、正面側の扉からも、ダンッと力強く叩く音が聞こえた。奥側からは板壁を蹴りつけるような乱暴な音も。

四方八方から怒りの音が響き、雪緒は震えながら立ち尽くした。

妖気が充満しているせいなのか、先ほどから風もないのに行灯の火が揺れている。

(だめだ、壁を破られる)

社の結界を上回るほど妻たちの怒りが強い。いくらも立たないうちに、内部になだれこんでくるだろう。

雪緒は、つるぎの柄を握った。本当、一度たりとも刀など扱ったためしがない。うまく使える気もしない。

しかしここで恐怖に屈し、縮こまったら、その先に待つのは永遠の闇だ。

ばきっと左右の板壁が割れる音。雪緒は息を呑み、左右に視線を走らせた。割れた板壁から、ぎょろりとした目がのぞく。そしてぬるりと泥のような黒い液体がその隙間からこぼれ落ちてくる。それが壁をつたい、床の板敷きを這う頃には、いびつな手に変わっていた。触れられただけで穢れてしまいそうだ。

「……やっぱり、白月様の手を取っていればよかった」

知らず知らずのうちにそうこぼした直後だ。

正面の扉が、外から体当たりされると同時に派手に音を立てて破られた。

飛びこんできたのは、真っ黒い大きな毛玉――狐の姿に変化した自称「天神様」だった。毛並みは黒だが、このもふもふっぷりは疑念の余地なく白月だ。

「白……っ、天神様！」

黒い狐は転がるようにして雪緒の前まで駆け寄ると、ぼふんと音を立て、人のなりに戻った。お面はしていなかった。

硬直する雪緒の手から乱暴につるぎを奪い取り、きつく睨みつけてくる。

「――そういう言葉は、俺の前で言え!!」

「ええーっ」

「俺の目を見ながら！　手を掴めよ！」

き、聞こえてた……。

「泣き叫ぶまで助けてやるものかと俺は本気で腹を立てていたんだぞ！　なのに――！」

と、怒鳴ると黒狐は、内陣に続々と侵入してきた御霊を片っ端から荒っぽく斬りつけた。

「この……っ、魔性の女か、おまえは！　俺のおらぬところでかわいいことを言いやがって!!」

すぱんっと叩き切る、というより、力業で御霊の首を落としている気がする。

(白月様は意外と武闘派だ……)

優雅なのは見た目だけだ。先ほどとは違う意味で震えていると、がっと振り向いた黒狐に腕を掴まれ、社の外へと引きずり出された。

「この煩わしい御霊どもも！　もうどうでもいい、好きに悪神でも災神にでもなりやがれと思っていたのに、宵丸の野郎！　神器のつるぎを寄越しやがって」

えー！　宵丸さんにまで八つ当たり！

唖然としながら胸中で叫んだあとで、黒狐がなにを言いたいのかを悟る。

(神木で作られたつるぎで切れば、それは『祓え』の儀に変わる。……災神じゃなくて、祭神へ変わる機会を与えられるのか)

御霊の妻たちは、夫の蓮堂をもとに戻せと訴えていた。祀られることは求めていなかった。

でも、蓮堂と一緒に彼女たちも祀られるのだとしたら。

蘇生は果たせずとも、ひとかけらの救いになるのでは。少なくとも、災神に変わってしまうよりずっといい。

「白……、天神様！　ここですべての御霊を斬ってくださったら、とても素敵です！」

「調子よく唆(そそのか)すなよ、雪緒！　神器をそこまで穢せるか！」

そういう理由でこれまでは、あの錆びた太刀を使っていたのか。

（うん？　というより、あの太刀は、使いすぎたせいで錆びていったとか？）

となると、やはりあれは菖蒲祭のときの太刀で間違いなかったのではないか。

少しずつ事情が見えてくる。

そうだ、白月は本当に、辻を招くほどに穢れた白桜ヶ里を浄化するため、御霊たちを退治していたのだ。ただ、数が多すぎたせいで浄化がなかなか終わらず、紅椿ヶ里に戻れずにいた。

（そして、辻をここに縫いとどめていたのは、御霊の妻たちじゃないだろうか）

横丁に出没する御霊の群れは、ほかの客には見向きもせず、雪緒ばかりを集中して狙(ねら)ってきていた。これらの御霊をあやつっていたのが妻たちではないか。「夫の蘇生」に薬屋の雪緒の力が利用できるのではと気づいた、だから襲ってきたのだ。

（白月様はひょっとすると妻たちの望みを知っていたのでは）

誘蛾灯(ゆうがとう)。その言葉が脳裏に蘇る。一挙に成敗するのに雪緒の存在はうってつけだ。彼は本当に、雪緒が使えるとわかって言葉通りに囮(おとり)にし、御霊を片づけていたのだ。守り切れると自負していたから。

「……あなたは、すごい方だ」

雪緒はぽつりとつぶやいた。聞こえなかったのだろう、黒狐からはなんの反応もなかった。

すごい男だ。もう一度感心する。

黒狐に引っぱられながら雪緒は参道を走った。

しかし壊された斎垣の外へ出る前に黒狐が立ち止まり、雪緒を背に庇う。

おそるおそる顔を出して様子をうかがえば、前方に、女の顔を持つ大百足が待ち構えていた。

雪緒は感傷を捨て、顔を引きつらせた。黒い胴体に、赤い花がいくつもくっついている……と思いきや、それはすべて怒れる人面瘡だった。

「串刺しにするか……」

大百足の容貌の凶悪さにおののいていた雪緒の耳に、驚愕の一言が滑りこむ。

この大百足もおそろしいが、それ以上に殺気漲る黒狐がこわい。

「雪緒……、俺はまだはらわたが煮え返るというほど怒っているんだからな……」

「私へのお説教はあとにしてください、あっ、ほら来た、御霊こっちへ来た！」

おそらくこの大百足が、妻たちの集合体。ほかの御霊は飲みこまれて――あの人面瘡となって現れたのでは。

「た、倒せますよね⁉」

「疑うのか」

黒狐が冷たく言う。疑ってはいないが、信じ切れない。雪緒を懲らしめるために手抜きをする可能性が……などと余計な発言をすれば、それが現実になりかねない。

「俺ほどこわい妖がいるというのか」

舌打ちまじりに黒狐は吐き捨てる。いまさらだが、天神の演技をいっさいしていない。

「あれ程度に対するこわさなど、俺への恐怖でぬり替えてやる。おそれずにいられると思うなよ、雪緒」

——それってどう考えても悪党の台詞(せりふ)では。

妻にと望む相手にかけていい言葉ではない。

「夫、夫を、夫夫夫、夫をお返し」

「夫、夫を」

「もう一度夫を」

人面瘡が次々に叫ぶ。目を怒らせ、涙を流し、頰を歪(ゆが)めて。

(胸が痛む)

恋が、痛い。苦しいつらいと、恋心が泣いている。

けれども、どんな感傷も憎悪も、雪緒の元旦那様を揺るがすことはない。

「——それほど夫を恋しがるなら、とっとと食って腹におさめて、おのれのものにすればよかっただろうに」

究極の言葉を放つと、つるぎを迷いなく、紫電一閃(いっせん)。

「祭神にしてやろう。そして次は、失う前に夫を食ってしまえ」

◎漆・よもすがらに返りゃんせ帰りゃんせ

御霊の妻を無事退けたはいいが、雪緒たちがお面なしである事実には変わりがない。

「……もういい。多少闇が外へ漏れようともかまうものか。出てやる」

「待ちましょう⁉」

雪緒と黒狐は、なるべく客のいない横丁を選んで〈かの𛀁〉の宿を目指していた。とりあえず、そこに逃げこめば襲われる心配はない。

ちなみに神器のつるぎはいま、雪緒が持っている。なぜかといえば、すっかりやさぐれたお狐様が、お面の有無を無視して目についた客を見境なしに叩き切ろうとしたためだ。錆びた太刀のほうは折れてしまったため、途中で捨ててきたらしい。

「……えっ。折れたって、あの太刀が？」

「腐れ木霊を斬ろうとしただけだ」

この野蛮なお狐様は、本気で沙霧を殺す気だったらしい。

「さ、沙霧様はいったいいま、どうなって……」

「……」

「天神様！」

「ふざけるなよ、おまえが途中で絶叫してくれたから、あの野郎にとどめをさす前に駆けつけねばならんはめになったんだぞ！　冥婚するだと？　俺の許可なくできるか！」

そういえば色々叫んだんだった。……それにしてもお狐様の暴君化がとまらない。

「駆けつけてくれて、ありがとうございます」

「しおらしく言っても無駄だ！」

黒狐はたっぷりと怒りをまき散らしながら、襲いかかってきたお面持ちの客を殴り倒した。見かけに反してこのお狐様はとことん怪力だ。

「埒が明かぬ。全員、噛み殺す」

「待ってくださいってば！」

お面持ちを殺すわけにはいかない。しかし、この数——。

これだけの数をどうやって殺さずに追い払えばいいのか。

（せめて、護符があったら）

雪緒は、ばかな祈りを抱いた。たとえば、札が雨のように降ってきてくれたら。それで護符を作って結界をはる。黒狐も自分も守り抜くのだ。

ふたたび狐形に変化しようとする彼の袖を、雪緒は強く掴む。客たちを噛み殺してはいけない。でも。

（本当、降ってきてよ！）

焦燥感に突き動かされ、胸中で叫んだときだ。

ふいに頭上が翳った。雪緒たちは何事かと同時に空を仰いだ。

「え……!?」

上空に、黒い鱗を持つ巨大な菖蒲魚が一匹、泳いでいる。

（……!? なんでここに菖蒲魚が!?）

黒狐も驚いたように見上げていたが、「……これだから本能で動くやつは、予想がつかずおそろしい」とつぶやき、凶悪な表情を浮かべた。

雪緒のほうは意識が追いつかず、ぽかんと見上げたままだ。

菖蒲魚は気ままな調子でゆらりゆらりと遊泳していたが——突然、腹が内部から裂かれた。

「えっ、え——!?」

ぱっくりと開かれた腹から花菖蒲が雨のように降ってくる。

それだけではなかった。

花菖蒲を舞わせながら黒獅子までもが飛び出してきて、どんと雪緒たちの前に降り立ったのだ。そして白煙をまき散らし、黒獅子は人の形を取った。

「どうだ、花も滴るよい男だろう！」

高らかに宣い、衣の裾をひらめかせて凛々しく笑う男の姿を、雪緒は夢でも見ているような気持ちで目に映す。

(本当に降ってきた)

——これも、すごい男だ。

「ははっ、存分に見惚れろよ！」

「よ——宵丸さん……!!」


危ない、いまかなりよろめきかけた。

なんだこの、いい男。

「俺を待っていただろ、薬屋。期待は裏切らんぞ」

はい！　……と思い切り感激しかけて、隣から凄まじい冷気が漂ってくるのに気づき、雪緒は固まった。

しかしそこは宵丸だ。怒気もあきらかなお狐様などまったく気にせず、ふふんと黒衣の胸を張りながら雪緒に笑いかける。

「つるぎを祀ったあとで気づいたんだ。そうだ、つるぎのように神々しいものなら辻に届けられる。なら俺もそれと近しいものを身にまとっていけば、辻にもぐりこめるのではと」

「さ、さすがです！」

「そうだろう。ほめろほめろ。で、ちょうどそのとき上空を泳いでいた鯛の精霊を見つけて、とらえた」

「本当、さすが……えっ、鯛？」

「ああ。だってこの時期、菖蒲魚は狩り尽くしているだろ」

「え、でも、この花」

あはは、と宵丸が爽やかに笑う。

「薬屋の見世に置いてあった花菖蒲をごっそり持ち出して、鯛の腹に詰めたんだ。俺も中に入った！」

驚愕の真相に、雪緒は卒倒しかけた。

目を凝らしてみれば、いまだ花を落としながらふらふらと上空を泳ぐ魚は、確かに菖蒲魚ではなく、鯛の精霊だ。

（しかも私が保管していた花菖蒲を持ち出したとか!!　……いや、助けに来てくれたわけだし、でも……来年用の札作りが……）

雪緒は複雑な気持ちを持て余し、唸った。

「この花菖蒲は薬屋が熱心に求めるくらいだ、魔除けにもなるんだろう？」

まさに。いまも、道に落ちた花菖蒲が効果を発揮し、客たちを遠ざけてくれている。花が枯れる前に、宿へ戻れば――。

「俺は、薬屋の味方をしてやると決めた」

宵丸が怪しく笑って、ふっと黒狐を見やる。

「今回ばかりは、おまえのやり口は気にくわない」

雪緒は彼らを交互に見た。——なんの話だ。

「おまえ、俺と薬屋が白桜まで追ってくることを見越していただろう？　そして、あわよくば薬屋を『天神』に据えるつもりだったな？」

宵丸の指摘を理解する前に、雪緒は思い出した。

そうだ。天神とは。

（天人……つまり神にのし上がった「人間」のことだ。怨霊と化した人間を祀って、天神と呼ぶ。災神を、祭神に変えるように）

だから大妖である黒狐が天神を名乗ることに違和感を抱いたのだ。

なんのことはない、黒狐自身がはっきりと要求を口にしている。雪緒に、代わりに天神になれと。

ただの人の子が辻に迷いこめば、いくら現世の食べ物で清めても、いずれは魂まで穢れてしまう。怨霊になる。人だから、耶陀羅神などに変じることはない。

それに、黒狐はいつも道の真ん中を歩いた。いや、雪緒に中央を必ず歩かせた。神は道の真ん中を通るものだからだ。

雪緒を連れて札をおさめにも行った。こちらの世は、人の世とは逆に、天神が札をおさめにいく。そうして気づかぬあいだに儀を行わせ、少しずつ雪緒を天神に変えようと――。

「俺はあの木霊に興味はないが、薬屋についての意見にだけは賛同するぞ」

「沙霧様と会ったんですか?」

「社(やしろ)を通して俺に文を投げてきたぞ。……薬屋、おまえは辻で、この世のものではない『食い物』をもらったんだろう?」

　宵丸がその言葉を口にした直後、黙りこんでいた黒狐がぴくりと耳を揺らした。

「それを受け取れるのは、おまえ自身もこの世のものではない証(あかし)――」

「雪緒」

　黒狐が宵丸の話を遮り、ぷるぷると勢いよく耳や尾を振る。するとそこから黒い破片のようなものがぱらぱらと剥(は)がれ落ちた。目を瞬(まばた)かせるあいだにその破片は跡形もなく消滅する。

　ふっと視線を黒狐に戻せば、彼の耳や髪、尾が白く変わっていた。

「……やっぱり、白月(しろつき)様だった」

「そうだ、悪いか」

　悪びれることなくようやく正体を認めたお狐様を、雪緒は見上げる。ふてぶてしい表情を浮かべているが、尾の動きはせわしない。

　少し不安そうにも見える。都合のいい願望がそう見せているのかもしれない。

「薬屋、こっちは気にせず、早く行け」

宵丸が静かな眼差しで雪緒の背を押した。

「おまえ、帰れるぞ」

との言葉にかぶせるように、白月が「帰すものか」と荒々しく吐き捨てる。

「行かせてやる。御成門へ急げ」

「宵丸……。本気で俺を阻むなら、おまえであろうと許さないぞ」

「おまえの許しなどいらん。俺まで欺こうとしたおまえが悪いんだ」

口論する大妖たちを、雪緒は茫然と眺める。

(帰れる？　どこに？)

紅椿ヶ里に――とは思えなかった。もっと遠く。もっと遥か彼方の地をさしているような。

「木霊は、真珠を使えと言っていたぞ、薬屋」

宵丸が油断なく白月を見据えながら言う。

真珠。柚の皮や胡桃と一緒に持ってきている。いつも肌身離さず所持している箆などの布の中にある。あの夜に、男が忠告してくれたから。

「雪緒」

暗い輝きが浮かぶ瞳で、白月が傲然と雪緒を見下ろす。行ったら殺すと脅すような、苛烈な眼差しだ。

「白月、おまえであってもきっとこの事態は予想外だったんだろう？」

宵丸が探るように問いかける。

「薬屋はことひとだ。迎えが来るほど愛されていることひとだ。私欲でとどめようとするな」

迎え——。雪緒はとっさに片手で胸を押さえた。

衿の中に押しこんだキャラメルがそこにある。

「宵丸さん、迎えというのは、さっきの」

「行け、薬屋。こんな機会はもうないぞ」

「でも」

「帰れ。おまえが生きやすい、楽に息をつける世へ、早く駆けていけ」

宵丸はちょっと雪緒を振り向いて、困ったように微笑(ほほえ)んだ。どんな言葉を返すべきか決める前に、白月が狐に化ける。瞬時に宵丸も獅子に変じ、一瞬の跳躍で雪緒に噛みつこうとした白月に力強く体当たりする。

雪緒は慌てて数歩、下がった。

その動きに押されるようにして、また一歩。二歩。

「——」

突如、誰かが雪緒の手を掴む。

はっと見下ろせば、そこには紫陽花色(あじさいいろ)の着物に身を包んだ童女がいた。

お面はしていない。優しく、かわいらしい顔をした女の子だった。

(私は、この子を知っている)

童女は、にこりと大人びた微笑を見せた。そうすると目尻がわずかに垂れて、窓から差しこむ陽光のような、じんわりとした優しさがにじむ。あぁ好きな表情だと、雪緒は腹の底から感嘆し、泣きたくなるような懐かしさを噛みしめた。

「行こう、おと」

思いがけない強さで手を引かれる。童女に導かれるまま雪緒は走った。からころ響く下駄の音を耳にしながら、何度も何度も振り向いた。客らが遠巻きに見る中で、白狐と黒獅子が咆哮し、殺気を迸らせながら激しく争っていた。一瞬、白狐の目がこちらを向いた。怒りに燃える目だった。なぜだか雪緒は、白狐を裏切ってしまったような後ろめたさに駆られた。

「こっち」

という童女の声で雪緒は我に返り、前を向く。

まだほんの少ししか走っていないはずなのに、目の前には御成門があった。

瞬きをするあいだに一気に距離を越えたのか、慌ててあたりを見渡せば、もはや白狐たちの姿もなく、おそろしげな咆哮も聞こえてはこない。ぴぃひゃらと軽妙な笛の音が聞こえてくるだけだ。

「行こう」

御成門を越え、真っ赤な八手の木々が並ぶ細道の坂を童女とゆく。

——一人でこの道を通ってきたとき、何者かの声を聞いたのを思い出す。——……此方は四方のあこね坂、けむにかかれば実もかかる夕闇坂……。四方は、黄泉のこと。あこねは、茜。夕刻……逢魔が時のこと。これらを合わせると、黄泉平坂の意味になる。けむは煙のことでこの場合は、空間の揺らぎ、つまり境界を示す。そして実とは、梅を指す。

（私の世界では、梅というのは、天神の象徴だったはず）

あのとき、実の方の御通りじゃ、と誰かが雪緒の背中を押した。坂に蠢く霊が、雪緒を天神として見初めたのだ。

だがその霊とは、いずれの世の者であったのか。もしかすると異界の霊がさまよいこんでいたのでは。

辻には、あの世のものも、この世のものも、知らぬ世のものも流れ着くから。

（その霊だけじゃなくて、白月様からも天神に目された。でもなぜ……）

考えこむうちに雪緒たちは、夕顔の鳥居の前まで来ていた。そこで足をとめる。

「いま、真珠をお持ち？」

童女がやわらかに問う。穏やかな表情の童女をまじまじと見つめ返してから、雪緒は、抱えていたつるぎを脇に挟み、衿のあいだに手を突っこんだ。そこから布の包みを取り出す。

その拍子に、同じ場所に入れていたキャラメルもころりと飛び出してしまった。地面に落下する前にあたふたと受け止め、深く息をつく。

小さな手を差し出す童女に、真珠の玉を握らせる。

彼女は一度しゃがみこむと、それを夕顔の鳥居のほうへ向かって転がした。真珠は鳥居の手前でぴたりととまったのち、まるで毛糸玉のようにひとりでにしゅるしゅるとほどけ始めた。絹糸のような美しい光沢のある糸だった。その糸が渦を巻き、揺らめく。

(術が発動されている)

真珠というのは、ふしぎな玉である。「門」を象徴する宝石とも言われている。

また、蜃気楼(しんきろう)を生み出す宝石でもある。蜃とは蛤(はまぐり)のことだ。貝が気を吐き、大気を歪(ゆが)めて、幻を――遠くの景色を映し出す。

蜃気楼とは、あの世とこの世をつなぐ鏡なのだ。異なる世の景色さえひょっとしたら映すのかも。

雪緒は、真珠が生み出す蜃気楼を凝視した。闇が見える。闇の中にいくつもの緑の光が浮かんでいる。

雪緒のつぶやきを、童女が拾った。

「蛍……?」

「そうだよ、蛍だよ。――あたしたち、たくさん蛍を見たね」

闇の中を舞う蛍。

あれは、あの場所は。

した。

急にめまいがして、立っていられなくなった。全身の骨が溶けたかのような頼りない感覚に襲われ、雪緒はたまらずその場にへたりこむ。脇に挟んでいたつるぎも音を立てて地面に落下した。

（私はあそこを知っている）

「おとにも見えているね。さあ、あちらへおゆき」

童女が優しく雪緒の頭を撫でる。その感触に、喉の奥が震えた。

知っている。覚えているのだ、この手のあたたかさと優しさを。

「あれは七つのとき」

童女が懐かしむように……大事な宝箱の蓋をそっと開けるように、語る。

「六月の、どんどんと太鼓の音が響く祭りの夜だったねえ。あたしたち、祭りが終わったあとも興奮がおさまらなくて、わざと皆からはぐれてダム湖まで蛍を見に行ったね」

「ダム湖――」

そうだ、大きなダム湖だ。密生する木々の中にあった。夏は子どもたちの探検場にもなっていた。危ないから夜に行ってはいけないよ、と大人たちに何度も注意された。

「でも夜のダム湖のまわりはとても暗くて、おまえはお化けが出るとたいそうこわがり、泣いてしまった。あたしはどうしても蛍が見たかったから、泣き虫のおまえをその場に置き去りにして、一人でダム湖に近づいた」

微笑む童女の目から、真珠に似た涙が落ちる。深い悔恨のにじむ涙だった。

「ダム湖に落ちたあたしの遺体は見つからなかった」

「あっ……」

「だからおまえはあたしが生きていると頑なに信じて、こわがりなくせに、たった一人で毎日ダム湖まであたしを捜しに来たね。あきらめなさいと、皆がどれほど諫めても耳を貸さなかった」

――あきらめられるはずがなかった。早く捜さなきゃと、それだけを思っていた。きっと私が迎えに行くのを待っている。急がなきゃ。だから木々のあいだを走った。草叢の中を這い回り、捜したのだ。

「けれどもおまえは迷子になってしまって……、あぁ、こんなに遠くまで迷子になってしまって」

「帰り道が、わからなくなって」

「ごめんねえ。あたしがあのとき、置き去りにしなければ。ごめんねえ」

「――お姉ちゃん」

雪緒はぐらぐらする視界に童女の姿を映しながら、小声で呼んだ。お姉ちゃん。何度も確かめるように呼ぶ。そうするたび、喉が焼けてしまったかのような深い痛みを味わった。お姉ちゃん……。ごめんねは、雪緒のほうだ。あのとき迷子にさえならなければ。もっと捜せた、お姉もっと、もっと。今日(きょう)捜せなかった場所を、明日(あす)捜せた。

見つけ出したかったのだ。蛍がすべて死に絶える季節になっても、凍える冬が来たとしても。

捜し続けねばならなかった。

それほど想(おも)っていたはずの、姉の名前を思い出せない。

自分の名さえ思い出せないのだから、七つで時をとめてしまったこの童女の名前も、やはりわからない。こんなに不義理なことが、あるだろうか？

「おまえは死んでいないよ。あちらへお帰り」

雪緒は、いやいやと、子どものように首を横に振った。

「大丈夫よ、こわいことなんてないのよ。皆がおまえの帰りを待っている」

愛(いと)おしさがはち切れそうなほどに詰まった、まるい声だった。

「ほら、キャラメルを渡したろう？　あれをお食べ。おまえに境界を渡る力を与えてくれる」

雪緒は手の中のキャラメルに視線を落とす。

これは、あちらの世界——雪緒たちの世界にあった食べ物だ。

「思い出した？　あの夜、あたしが持っていたお菓子よ」

「うん」

視線を上げ、童女を見やる。

「お姉ちゃんは、もういないの？　死んでしまっていたの？」

「そうね」

困ったように童女が笑う。

どこまでもまるくてやわらかな眼差しだ。愛しているからねと雄弁に語り、捧げてくれている。そういう目だ。だから見つめる雪緒の心にも、深い愛が宿るのだ。

「死んだあとも、私を捜していたの？」

「おまえもあたしを捜しに来たものね」

消えた雪緒を捜すため、成仏せずに薄暗い黄泉平坂をひとりぼっちでずっと駆けていたのか。

そして、すべてがまじわる辻で、ようやく。

「お姉ちゃん」

「はい、なーに」

雪緒は声を上げて泣きたくなるのを必死にこらえた。歯を食いしばり、震える唇を噛みしめて、瞼(まぶた)もきつく閉ざして、ただひたすらに、ぐっと。なぜなら雪緒はもう悲しみのままに泣き叫ぶことが許されるような幼子ではなかった。時は絶え間なく流れるものだから、雪緒にも、誰にもとめられない。それでも噴きこぼれるように目尻からしずくが落ちた。

どうしても思い出せない。自分の名前も、童女の名前も。

だが姉だ。永遠に、雪緒の姉だ。

すべてを忘れてしまった自分の薄情さを、許してほしい。捜すことも忘れてしまった。想うことすら忘れ去った。

――でも姉は、許すよと笑うだろう。愛しさをこめて言うのだろう。

「おまえの元の世の影は、誰かに盗まれてしまっているね。捜しても捜してもおまえが見当たらなかったのはそのせいだ。だからもう、ようやく出会えたいましか、おまえがあちらへ戻れる機会はない。急ぎなさい」

雪緒は震える息を吐き、キャラメルの包みを剥がす。

どんな味がするか、知っているのに思い出せない。

(それでいい、この先も……)

その粒を持ち上げ、えい、と姉の口に放りこむ。歯にあたったのか、かち、とかすかな音がした。

「これは、お供え。……おいしい?」

雪緒が目元を拭って笑いかけると、姉は驚いた顔をして見つめ返した。

「お帰りなさい、お姉ちゃん。もう寂しいところを、さまよわなくていい」

雪緒を映す大きな目が、やがて潤む。

「私の代わりに、あちらに帰って。――それで、いつか生まれ変わったら、また一緒に蛍を見に行きたい」

雪緒があちらに戻れば、姉はこちらにとどまることになる。誰にも供養されず、輪廻の流れにも戻れず、いつまでも平坂をさまようはめに。やがて怨霊に成り果てるだろう。人の魂も、怪（かい）の魂も、弔われなければ凍えてしまうのだ。

（また姉妹になれるかな）

なれたらいい。縁の糸が切れずにいたらと、夢見ずにはいられない。

「お姉ちゃん、私は大丈夫。立派に成長したでしょう。こう見えて里一番の薬屋だし、結婚歴もあれば離婚歴もあったりで、退屈とは無縁の鮮やかな毎日を送っていて、だから心配しないで、安心して……眠ってね」

雪緒は姉の小さな両手を握り、ぎゅっと自分の額に押しつけた。

いまの雪緒よりずっと小さな手だ。こんなに華奢（きゃしゃ）な姉を、何年もひとりぼっちで冷たいダム湖の底に……。

（あぁ誰か助けて、私の姉を捜して）

ぐしゃりと心が潰（つぶ）れ、涙が落ちる。けれども、嗚咽（おえつ）を漏らしたのはほんの少しのことで、すぐに雪緒は顔を上げて笑いかけた。

悲しいことなど、なにひとつあるものか。

「雪緒、という名前をもらったのよ私、お姉ちゃん。こちらで精一杯生きている」

「……雪緒」

「そう。いい名前でしょう。きっと元の名前と同じくらいすばらしい」

「雪緒」

「はい、お姉ちゃん」

姉もまた、悲しみで心が潰れたように泣く。でもすぐさま気丈に微笑んだ。深い愛に彩られた表情を、雪緒は目に焼きつけた。

えへへと手を握り合って、笑い合って、慰め合う。

たくさん言いたいこと、聞きたいことがあるような気がしたし、やっぱり我慢なんかせずに胸を掻きむしって泣き縋りたい気もした。帰りたい、一緒に帰りたい、思い出したい、取り戻したい。色々なことを、なくした日々を。狂おしいくらいにそう思う。

けれども、二度と取り戻せない日を積み上げていくのが、人の一生だから。

キャラメルも、ビルも車もサイダーもない世界で、雪緒はこれからも生きるのだ。過去を追わず、泣きたがる心を大事に抱えこんで、明日へと進む。

蛍が一匹、こちらへ飛んできた。

姉の肩にとまり、そしてまた、蜃気楼の中へと飛んでゆく。

「行って」

雪緒はそっと姉の手を離した。別れはいつでもつらい。引き止めたくてたまらない。伸ばしそうになる指を、激情とともに押さえこむ。

姉は、からころと下駄の音を響かせて、蜃気楼のほうへ向かった。

「振り向かないで、ここは夕闇坂だから。振り向かずに行って」

足をとめかけた姉に、雪緒は声を張り上げる。

(さようなら)

行かないでと言いそうになる口を両手で塞ぐ。行かないで。置いて行かないで。

でも、行って。

大好きだから、どうかお帰り。

姉が蜃気楼の中に駆けこむ。蛍の光が舞う闇の中に、その小さな背が消えていく。

闇の中で姉が振り向いた気がした。しかし瞬きをしたあとには、闇も蛍も蜃気楼も、幻のように消えていた。雪緒は、口から手を離し、消えた姉の背をそこに見つけようとした。

――手放したものはきっと限りないほど多いのだろう。そのどれもが掛け替えがなく、星々のように輝いていたに違いない。雪緒は、どれほど大事なものをいくつ手放したのか、この先も知らないまま、手放したという事実だけを時に悔やみ、惜しむのだ。そのかわりに、新しい掛け替えのないものを手に入れて、輝かせる。そうしなきゃいけない。

(またいつか、蛍を)

涙が乾いたあともぼんやりと、夕顔の蔓を巻きつけた鳥居を眺めていると、もふりとやわらかいものが肩に載った。

「……白月様？」

振り向けば、白狐が雪緒の肩に後ろから顎を乗せていた。

なんとなく、白狐の気配を先ほどから感じていた。もしかすると、雪緒があちらに戻ろうという素振りを見せていたら襲われていたのかもしれない。

いや、案外、そのまま見送ってくれたかもしれない。なにしろ複雑な心を持つお狐様だから、その行動を読み切れない。

白狐にぺろりと目尻を舐められる。そのせいで、ふたたびじんわりと目が熱くなってしまう。

「私、泣いてませんよ。ただ、そうですね……少しばかり嬉しくて、悲しいだけです。ちょっと胸が掻きむしられるだけなんですよ、本当ですよ」

白狐が雪緒のまわりをぐるりと巡って、また目尻を舐めた。

＊

しばらく白狐の毛に顔を埋め、涙が落ちなくなったところで雪緒はつるぎを手に取った。

白狐は妙に神妙な態度で雪緒を見つめ、うろうろした。軽くその頭を撫でていると、坂の向こうから黒獅子がひょこっと現れ、こちらへ駆け寄ってくる。

「宵丸さん」

目の前でとまった黒獅子の頭の上には、麻袋が乗っている。

「これは……？」

持ち上げると、意外と重い。それにちゃりんと硬貨の鳴る音がする。まさかと思って袋の紐をほどくと、中に入っていたのはきらきらした金貨百枚ほどだった。

少し固まってから、雪緒はおそるおそる紐を縛り、黒獅子の頭の上に戻した。すると黒獅子は、鬱陶しげに頭を振って金貨の袋を地面に落とした。雪緒は慌てて袋を拾った。

「宵丸さん……、盗みはいけないと思います」

黒獅子は冷たい目で雪緒を見た。どうやら盗んだわけじゃないようだ。

「あ、もしかして、見世の売り上げ？　……なわけないし」

悩む雪緒の腹部を、黒獅子が前脚でちょんと押した。その後、黒獅子はぼふんと白煙をまき散らして人の姿を取る。

「おまえのぶんの渡し銭だ」

「え、いいんですか、ありがとうございます！」

断る選択肢なんてない。辻で見世を開いていたのも宵丸が迎えに来るまでの時間稼ぎのつもりだったので、雪緒は迷わずその金貨を押し頂いた。

「でも、宵丸さんや白月様のぶんは」

「金塊を持っているぞ。そもそもこの金は、つるぎを屋城から強奪するときのついでに持ってきたものだ。気にせず使え」

「お屋城から……。私はなにも聞かなかったことにします」

知っていた、こういうとんでもない真似をしでかしてくれる獅子だって。だからこそ頼りにもなるのだが。

そうっと白狐の反応をうかがえば、屋城の主たる彼はどこか達観した様子で聞き流してくれていた。

「にしてもおまえ、やはり帰らなかったのか。ばかだなぁ……」

宵丸が腕を組み、しみじみと言う。なぜ素直に元の世へ戻らなかったのかと呆れているようだ。

道を切り開いてくれた彼には少しばかり後ろめたいし、未練もたっぷりある。しかし、帰るか残るか、そのどちらを選んでも「選ばなかった道」を振り返って後悔するのは間違いない。

「私、ここの世の薬屋ですので」

ふん、と宵丸が鼻を鳴らす。ふてぶてしいが、嫌な感じはしなかった。

白狐がぐる、と喉を鳴らし、宵丸を睨みつける。宵丸はそっぽを向いた。意思の疎通ができているのが、少し羨ましい。

(そういえば、大丈夫だろうか)

ここに来る直前、獅子と狐は激しく争っていたはずだ。殺し合いにならずにすんでよかったと胸を撫で下ろすべきだろうか。

「あの……お二方とも、怪我はないですか？」

「あるもんか。こんな陰険な狐ごときに俺を殺せるはずがない」

宵丸の不遜な発言に腹を立てたのか、白狐の耳がぎゅいんっと後ろに倒れている。

「こいつをぶちのめしてやろうと思ったら、道にまき散らした菖蒲が枯れ始めて、まわりのやつらに追われるはめになったんだ」

「あぁ、それで」

勝負はいったんお預け状態になったのか。

「……ってことは、ここに辻の者たちが押しかけてくるんじゃ？」

「そうなるな。囲まれる前に脱出するぞ。ここ、臭いから好きじゃないんだ」

宵丸が雪緒の腕を掴んで、鳥居へと近づく。

「待ってください、その前に解決しなきゃいけないことがあります」

「えー……。もういいだろ。面倒事はこの狐に押しつけておけよ。一人で辻にいつまでもとどまっていればいいんだ」

白狐が危険な目で宵丸を見据えている。まさか宵丸に同意するわけにはいかない。

「白月様、白桜ヶ里に辻を縫いつける術を使ったのは、あの御霊の妻たちなんですよね」

蓮堂の妻たちを退けたことで、白桜ヶ里の瘴気も徐々に薄まっていくはずだ。

「でもその御霊たちを退治したあとでも、まだ辻が里から離れようとしない。ということは、その術がいまだ白桜ヶ里に辻をとどめる綱の役割を果たしているのでは……」

　その術を壊さねば、辻と里を分離できない。

　雪緒はあたりを見回したあと、つるぎを宵丸に押しつけた。

「おい」

「術を壊してください」

　片側の眉を上げる宵丸に、雪緒は鳥居を指差す。

「あの夕顔を斬ってほしいんです」

「ふん？」

「夕顔は夜顔とも呼ばれることがあります。茜と紺、その両方の空を抱える辻をとどめる綱の正体は、夕顔以外に考えられません」

「薬屋は案外、怪使いが荒いよなあ」

　宵丸は喉の奥で笑うと、つるぎを軽く振って鳥居に歩み寄った。蔓に刃を食いこませ、ぶつりと断ち切る。

　その瞬間、夕顔が朽ちて、急激に空が動いた。茜の色が広がり、雲が流れ始める。

　めまぐるしく移り変わる空を眺めていると、雪緒が持っていた金貨の袋を白狐がくわえ、奪い取っていった。なにをするのかと思えば、それをぶんっと鳥居の上まで放り投げ、驚いている雪緒の腹に頭を押しつける。

「白月様⁉」

勢いに押されて前のめりになった雪緒の身を、白狐は強引に自分の頭に乗せる。

「さ、帰るか」

宵丸が、ふあ、と欠伸(あくび)をしながら言う。

(帰る)

白狐が鳥居の中へと駆けこむ。雪緒は振り向いた。雲が流れる茜空。狭くて薄暗い細道。その両脇に生い茂る真っ赤な八手。道の奥に、赤い提灯の輝く辻がある。耳を澄ませば、太鼓に笛の音が聞こえてきた。さあ鬼さんこっちと、香具師(やし)の口上も響いてくる。

けれどもそれらがぐんと遠ざかる。

雪緒は目を瞬かせた。鳥居のところに神主めいた男が立っていた。声など聞こえない距離なのに、「さようなら、ことひとの方。私と同じ人の子よ」という言葉が耳に飛びこんできた。

ふっとみかん飴(あめ)の甘さが口内に蘇(よみがえ)り、雪緒は目を見張る。

あぁ彼は、あの夜の。

見つめるうちに、男の姿は砂のように脆(もろ)く崩れた。一瞬の、幻のような出来事だった。

(……帰ろう)

雪緒は静かにそう思った。

ここから、自分の生きる場所へ帰ろう。

✿

——そして、数日後。

場所は紅椿ヶ里がある雪緒の見世〈くすりや〉の縁側だ。白月と並んで座り、宵の空を眺めている。

いまは、月不見月の下旬にさしかかったところ。この季節は、長雨が続くせいで月が望めない。少し前まで霧雨が降っていた。

白月はその霧雨がやむ頃にふらりとやってきたのだ。片手に、〈ちはふちからしばのつるぎ〉を下げて。

「先ほど沙霧がこちらへ来ていただろう」

白月が宵の空を見上げたまま言った。

「はい。といっても、大した話はしておりません」

嘘は言っていない。ただ一言、二言かわしたのちに残念そうな、困った顔をされただけなのだ。沙霧も宵丸同様、雪緒を元の世へ帰すため色々尽力してくれた。だから最終的に雪緒がこちらを選んだことが複雑なのだろう。

「雪緒。——つるぎを受け取れ」

少しの沈黙ののち、白月が強張った顔をしてこちらにつるぎを差し出した。狐耳がぴんと立っている。

「これはもう、おまえのものだ」

〈ちはふちからしばのつるぎ〉。刀身がぐねりと歪んでいる太刀だ。ご神木たる梛から作られている。ちはふ、は神霊の加護の意。ちからしば、とは梛の意である。

雪緒は無言で受け取った。

「……私に供えられたからですね」

「そうだ」

白月は硬い表情を崩さない。

供えたのは、宵丸だ。彼にその意図はなかっただろう。だが、おそらくつるぎを送ったあとで気づいたはずだ。だから自らも辻に乗りこみ、雪緒を逃がそうとした。なぜならそれは。

「辻の社は、夕刻前までは里側、つまりこの世側から供物を奉じることができる。だからそれまでの刻の社を、あかしの社と言う。夕刻後は逆に、辻側から札をおさめ、浄化を祈る場所に変わる。その刻以降を、ますみの社と呼ぶ」

「あの社を通して、辻の者たちは生者からの供物を受け取っていたんですね」

祀り祈り畏れられ、長い年月、供物を捧げられること。その行いが辻に落ちた者を祭神へと清めてくれる。そこで捧げられた供物や札、硬貨で、辻の者たちは見世の品を買い求めていたということだ。

「白月様が持ってきた米俵と油揚げもそうして手に入れたものですか?」

「ああ」

「宵丸さんも、あかしの刻につるぎを奉じた?」

「そうなるな」

捧げられた供物を雪緒も受け取ったことになる。

ただし、雪緒は辻の者たちと違って、人だ。祭神にはならない。

神のつるぎは、雪緒を「人」以上のものに変える。

米や油揚げなどを供えることと神器の奉納とでは、まるで意味が違ってくる。霊を祀るか、神を祀るか――宵丸はつるぎを奉じたあとでその重大さに気づき、焦ったのだ。

「おまえ様を〈天神〉にしたかったんだ」

白月が目を逸らして言う。

「どうしてですか」

「――怪ではないが、怪に近い存在にはなるだろ」

「……人の子はすぐ死ぬから、そうならないように?」

しばらく、答えはなかった。

やがてあきらめたように、白月が吐息を漏らす。

「単なる思いつきだ。白桜へ向かったのち、すぐには戻れぬだろうと悟ったわけだが、そこでもしもおまえ様が追いかけてきたら、ためしてみようと」

「なんで白月様が天神様の振りを？」

「むろん白桜ヶ里の浄化のために。もともと祀るという習わしは、人の世で生まれたものだ。だから大抵の里では、堕ちた怪を祀って祭神へ変えようとするとき『天神』の座を作る。人の血が流れている者こそふさわしい。適した『人』がいないときは、人形――『ヒトガタ』を藁で作って天神に見立てるが。これは下里の者にはあまり知られておらぬ話になる」

人の世でいう神主、あるいは巫女。そういう存在のことなんだろう。

「じゃあ、白桜ヶ里にいた天神様は……」

「鈴音が道連れにしたな」

あまりに白桜ヶ里の穢れがひどかったから、しかたなしに白月が天神の真似事をしていたということか。

(正体がばれてもかまわない、けれど役目を担っているあいだは白月を名乗るわけにいかなかった、というあたりもこの理由のためか)

説明されてみれば、なるほどと納得できる。

そこで雪緒はふっと思い出す。あの、鳥居で見た男――夢の中で雪緒に忠告をくれた男。彼が天神だったのでは。人の理を超えたと、そう語っていたはずだ。

あぁそうか。色々なことが結びついた。

「俺は今回、言わずにいたことは多々あるが、そこまでおまえ様を欺いていないし、じゅうぶん優しかっただろう」

「もしかして妙に明るい性格にしていたのは、優しくするつもりだったからとか⁉」

「……」

そ、そうか、あの振る舞いは白月の中で優しいのか。

「って、全然優しくなかったですからね！　むしろいつも以上になにか企(たくら)んでいる感がすごかったです！」

本音を迸らせると、白月はびくっと狐耳を立てた。叫んだおかげではからずも、この場に漂っていた緊張感がやわらぐ。

「なにを言っているんだ。俺はいつになく穏やかだっただろう」

この真面目(まじめ)な表情を見る限り、本気で言っている。

「途中からほとんど素の態度と変わらなかったじゃないですか！　演技するの面倒になってきていたくせに！」

「うるさいな……、そんなに疑り深くてどうするんだ？」

誰のせいだと言い返したくなった。

「最初に白月様が、辻にとどまる理由は術を使った首謀者を見つけること、っていう話をされたとき、私、絶対にほかの理由があると思いましたもの。裏がないはずがないって!」

まさかこのお狐様が正直に話していたなどと、誰が信じるだろうか。

「……」

「!? いま、目を逸らしました!? やっぱりまだほかに事情があったんですか!」

「俺はいつになく正直におまえ様と向き合っている。言わずにいたこともある、とさっきもわかりやすく教えただろう!」

白月がむきになって言い返す。

――裏の理由は、天罰を受けて鬼神と化した紅椿ヶ里の元長、雷王の御霊を捜すことだ。

雷王は、神隠しでこちらの世に迷いこんだ雪緒の、「元の世が生む影」を奪った。そのために天罰対象となったのだ。天昇すら許されず鬼神と化した。

白月は、白桜ヶ里の穢れが激しいことに疑問を持ち、鬼神がさまよっている可能性もあると考えた。実際は白桜ヶ里の元長たる蓮堂の妻たちや御霊らの仕業であったわけだが。鬼神はいまも見つかっていない。

雪緒には、雷王は天昇したと説明している。真実を明かすつもりはない。

――もうひとつは鈴音の捜索だ。彼女が雷王から掠めとった雪緒の「元の世の影」を取り戻すつもりだった。だがこちらも見つからず徒労に終わってしまった。

雪緒がからむと、どうも事がうまく運ばない。

「……俺が優しくできなくなったのは、雪緒が悪いんだぞ」

「なんで!?」

「沙霧と、謀った」

白月の尾が苛立たしげに縁側の板敷きを打つ。

「それは誤解です」

「なにが誤解か。あいつが作った飴を受け取っただろうが」

「やっぱりあの飴、ただのお菓子じゃなかったんですか……」

「知らぬ間に木霊の息吹をこめていやがった。沙霧に気を許すなよ。あいつは辻をさまよっていた天神の御霊を捕まえて、わざとおまえ様の夢にもぐりこませたんだぞ」

「私に、天神という存在の正体を教えようとした。そして怪や妖のこわさ……お狐様に関わることのこわさを見せつけようとしたんですよね」

答えながら、雪緒は考えに沈む。ただし姉の存在は、白月にも予想外だったはずだ。また、姉の姿が雪緒と沙霧の目に映り、白月のみ認識できなかったのは、「人の血」が流れているか否かの問題だったのだろう。

自我を保っていた天神はもしかすると、姉と通じていたのかもしれない。雪緒をずっと待つ者がいると彼は言っていた。鏡や真珠の有無を尋ねてもいた。自分と同じ人間だと哀れみ、雪緒を辻から、このうつし世から、なんとか逃がしてやりたいとそう考えてくれたのだ。

　おそらく沙霧も、それに気づいていた。姉や天神の男を雪緒に会わせたのは、白月に対する嫌がらせのためだけではないと思う。一筋の光の糸のような慈悲がきっとあった。

「ばかな木霊だ。雪緒の頑固な恋情と一途(いちず)さをわかっていない。この程度で雪緒が俺を見限るわけがないだろうに」

「……そっ、そうですね」

　恥ずかしいことを当たり前のように言われてしまい、雪緒はうろたえた。

「そもそも雪緒が飴を受け取らなければよかったんだ。俺の前で楽しそうに沙霧と作りやがって」

「白月様はお稲荷(いなり)さんを食べるのに夢中だったじゃないですか」

「……。だが、去ろうともしただろう」

「……ここにいますよ、私」

「少しでも揺らいだのが許しがたい」

　我が儘(まま)なお狐様に、雪緒は少し笑ってしまった。

（これで恋情を持っていないというんだから、困る）

　雪緒に対する執着は本物なのだ。

「よりによって月不見月。月の名を持つ俺にとっては、もっとも力が弱まる時期だぞ」

「そうなのですか？」

「そうとも、覚えておけ。この時期の俺は不安定になる。労れよ」

ふんぞり返って言われた。

最近のお狐様は雪緒に対してずいぶん遠慮がない気がする。

「わかっていないな？　本当に雪緒が悪いんだぞ」

「とても反論したいです」

「するな。雪緒はちっとも俺の手を取ろうとしない。おまえ様が心を決めるまで、あと何年かかる？　俺は百年待てても、雪緒の命は待てないだろうが」

「――だから、私を天神様にしたがったのですか？」

「ほかになんの理由がある」

怒りの伝わる声だった。

雪緒は言葉に詰まった。本当に困る。驚くほど強烈な執着ではないか。――それは、恋とどう違うのだろう？

どうして恋と呼ぶことができないのだろう。

「……白月様。天神になったら私、人の理を超えて、永遠のような時間を白月様に誑かされ続けることになります」

「いいじゃないか。あきらめろ」

「でも、私は人ですよ。あのとき言ったことは本心です。死んでもいい、私は白月様のために死ぬ」

それを白月も望んでいるはずだ。

「――あきらめろと何度言わせる。もう神器は捧げられたんだ。そのつるぎはおまえ様のもの……」

言葉の途中で白月が勢いよく振り向き、気配を尖(とが)らせる。

雪緒も目を見張った。

「なんでこいつがここに現れる」

白月が唸るように言った。

いつの間にか、縁側に面した庭に一頭のふしぎな大型の動物が座っていた。鹿(しか)のような、犬のような……。

顔には黒い尉面(じょうめん)。頭頂部には捩じれた角が一本。前脚も後ろ脚も、足長蜘蛛(くも)のように細い。その反面、胴体は太く逞(たくま)しい。毛は羊のようにくるくるしているが、水晶のように透き通っている。毛どころか、その血肉までも。体内が丸見えだ。が、そこに臓器はない。小さな森がおさめられている。木々が密生し、小鳥が飛ぶ。猪(いのしし)が駆けている。泉のまわりを、蝶が舞っている。

この稀(まれ)なる動物を、獬豸(かいち)という。

鳥居の両脇に飾られる対の狗(いぬ)はこの祥獣を模したものだとされている。

（なぜ獬豸がここに？）

気安く人の前に現れる獣ではない。しかし雪緒は以前、この獣に救われている。

さすがに白月であろうとも祥獣の獬豸においそれとは手を出せないようだった。警戒の目でこの獣を見つめている。

一方の獬豸はのんびりと雪緒に近づき、そして――ぱくっとつるぎをくわえた。

「……んっ⁉」

唖然とするあいだに、むしゃむしゃとつるぎを食べてしまう。

白月も呆気に取られていた。

そして獬豸は、顎をもぐもぐさせながら庭の向こうへ去っていった。

「え……えっ……‼　な、なに？　白月様、つるぎ、どうなって……⁉」

なにがしたかったんだ、あの獣。わけがわからない。

放心していると、雪緒と同じように硬直していた白月がふいに脱力した。

「……雪緒、獬豸に好かれすぎじゃないか？」

「どこがですか。つるぎ食べたらそそくさと消えましたよ！」

「おまえ様に捧げた神器を、獬豸が食って滅ぼしたんだぞ」

説明されて、雪緒は獬豸の意図を悟った。

（天神からまた人へと戻してくれたのか）

いまの雪緒が望んでいなかったから、わざわざ来てくれて無効にした——と考えていい？

「次から次に邪魔をされる……。木霊野郎に獅子野郎に、天神の御霊に、わけのわからぬ娘の霊魂に、祥獣か」

白月が唸り、べそりとうつ伏せに雪緒の膝に転がった。雪緒はぎょっとして、彼の頭を見下ろす。やわらかそうな狐耳が拗ねたように動いている。

「俺なりに譲歩したんだぞ。復縁が嫌なら天神になればいい。それも嫌だというのか」

雪緒は困りながらも、怖々と白月の耳に手を伸ばす。

「白月様、私——手を」

あなたの手を取ろう、取りたいと思うんです。

最初に白月が言っていたように、離れているあいだ雪緒はひどく寂しかった。辻に来てからも、何度も後悔した。どれほど傷ついても初恋を捨てられないのなら、もう行けるところまで行ってしまおう。そう吹っ切れたら、目の前の霧が晴れたように澄み渡った。

そうだ、それでなにかおそろしいことが起きたら、宵丸を巻きこんでしまえ。

——とうとう雪緒は、腹をくくったのだ。

(私は恋に燃えてやるんだ！)

まずはそのために、こわい一歩を踏み出さねば。

「ふ、ふつつ、つつか」

不束者ですが、と緊張しながら言いかけたときだ。

気がつかなかったらしいお狐様が、ばっと身を起こし、雪緒の肩を掴んだ。

「雪緒、俺はあきらめないからな」

「……はっ？」

「おまえ様を必ず天神にして、屋城にまた置いてやる」

「はい!?　いえ、そうじゃなくて、私、手を、白月様、手」

「うるさい、手がなんだ。雪緒のせいで俺はこの頃おかしい。幼子みたいに落ち着かぬとはどういうことだ。雪緒が治せ」

ぽかんとする雪緒を、白月が責めるような目で見る。

(待って、違う。天神じゃなくて、妻。妻の方向で！)

なぜ斜め上の方向に突っ走ってしまうのか。

もしかしなくとも、意地を張り続けた自分が悪い？

「ちょ、ちょっと聞いてください、私」

「聞かない。俺は屋城に戻る。おまえ様を攫ってやる」

「えー！」

白月が、愕然とする雪緒を強引に抱き上げた。

「少し優しくすれば図に乗りやがって。俺は大妖、郷長だぞ。娘の一人、攫ってなにが悪いのか」

「いえ、攫う前に私の話を――！」

「俺は学んだ。おまえ様に対しては、我慢したりためらったりするだけ損をするんだ」

庭へ下りると白月は、雪緒を抱えたままざかざかと足音荒く歩いた。

「白月様……！」

「俺は、人攫いの御館になってやる。せいぜい悪を極めてやるからな。見てろよ雪緒」

どんな宣言だろうか、それ。

「本当に待ってください、私……っ、求、求婚を求めます!!」

求婚を求めるとは。

自分で言って、頭を抱えたくなった。混乱しすぎだ。

「お願いです、求婚させてください……!! 再婚を前提におつき合いを……！」

担がれながら雪緒は叫ぶ。

しかし、心をぐるぐるに捩じ曲げてしまったお狐様には、雪緒の切実な懇願などちっとも届かなかった。据わった目で薄く笑われる。

「俺がそんな嘘に引っかかると思うのか。ふざけるな」

嘘でしょう!?

まさか、信じてもらえない!?

「ち、違うんです、本当に！　け、結婚を」

「黙れよ、雪緒。もう甘やかさないからな」

――なんでこうなるの!!

その日、結婚してくださーい、と叫ぶ雪緒を担ぐ郷長のお狐様の姿が、里のあちこちで目撃された。

白昼堂々ないちゃついてやがるんだあの夫婦、と里の民にひそひそされた。

❁

「楓様に怒られたじゃないですか！」

お屋城へ誘拐されたのちのこと。

雪緒と白月はいま、屋城のとある一室に放りこまれ、反省するまで出てくるなと楓に命じられていた。楓、とは白月の腹心の怪である。見た目も性格もよい男で、普段は物静かだが、怒らせるとこわいと今回の件で思い知った。

「私まで楓様から冷たい目で見られるなんて！」

大声でいちゃつきながら騒ぐなど郷の頭のやることではないと、凍った声で叱責された。いちゃついてなどいない俺は雪緒を攫ってきただけだ、と反論したのは白月で、それに楓が「反省が足りない」と目をつり上げたのだった。

「……雪緒が悪い」

「悪くないです！」

向き合って座布団に座っている白月の尾が、せわしなく床を叩く。

睨み合っていると、茶菓子の盆を頭に載せた子狐たちがそうっと障子を開けて入ってきた。

雪緒は、いそいそとお茶の準備をしてくれた子狐を一匹捕まえ、癒やしを求めてもふもふした。白月の一族らしきこの子たちは、ぬいぐるみのようにふわふわで丸く、愛らしい。

おもしろいのが、皆少しずつ毛の色が違うところだ。雪緒のお気に入りは、真っ白の毛並みの子狐である。ただし尾の先のみ、墨をつけた筆のように黒い。

「……私、いったん下里の見世に戻りたいのですが」

「は、戻すかよ」

白月が腕を組み、おとなげない返事をした。

「攫ってきたと言っただろうが。なぜ人質の願いを叶えねばならない」

……人質扱い。このお狐様はなんなのだろうか。

うちの御館がすみません、というように雪緒の膝に乗っている子狐が小刻みに震えている。

ほかの子狐らは、雪緒の背中に隠れて白月をじっと見据えていた。どうやら白月は、この子狐たちの反応も気に食わないらしかった。

「早めに弔いたい者がいるのです。その準備をしたいので、一度戻らせてもらえませんか」

雪緒はなるべく優しい声で頼んだ。

姉と、白桜の天神のために、小さな弔祭を行いたいのだ。

「……だめだ」

白月の返事にいち早く反応したのは子狐たちだ。

「ひっどい、白月様！」

「ここで度量の大きさを見せずにどうするんですか！」

「はあ、これだから大人の妖ってだめなんですよね！」

雪緒は慌てて子狐たちを撫で回し、口を塞いだ。本気で白月を怒らせたら弔祭ができなくなる。

「……最後まで聞け。雪緒の見世でやらずとも、ここで行えばいいだろう」

「いいんですか？」

白月は答えず、横を向いた。素直じゃない、とつぶやく子狐を雪緒はまた慌てて撫で回す。

（でも、見世を放置もできないからなあ。隙を見て戻ろう）

そう決める雪緒に、白月が視線を戻す。むっと眉間に皺が寄っている。

「白月様。私――白月様を追って、辻へ入ってよかったと思っています」

行かねば、姉に会えなかった。心が凍るほどのつらい思いも味わったけれど、それ以上に感謝がある。幼い頃、彼が雪緒に息吹を吹きこんでくれたから、いまがあって、姉と再会できたのだ。

「……おまえ様は強いのか、弱いのか、わからんな」

白月が溜息をこぼした。怒気が抜けている。

「よくぞここで俺を祟ろうとしないな？　俺なら、俺を許せないぞ」

まあ俺は許されなくともいっこうにかまわぬが、と殊勝なのだか傲慢なのだかわからないことを言って、雪緒を見つめる。それからふと身を寄せて、雪緒が膝に載せていた子狐をころころと払い落とし、自分の頭をそこに載せて寝転がった。子狐たちはそんな白月の腹に乗った。

「雪緒の恋は難儀だなあ」

「白月様が言わないでください！」

「でも俺は、雪緒天神計画をあきらめないからな」

雪緒は、八つ当たりもかねて、白月の耳を軽くつまんだ。

いいですよ、それでも。

雪緒もあきらめないと決意したのだ。

このこわくてひどい誘拐犯のお狐様に恋することを。

そして求婚すべく、雪緒はそっと口を開いた。

あとがき

こんにちは、糸森です。

本書をお手に取ってくださりありがとうございます。

こちらは『お狐様の異類婚姻譚　元旦那様に求婚されているところです』の続編となります。続刊を出させていただくことができ、嬉しく思います。

およそ一巻の直後からの話となります。主要登場人物等もそのままです。

主人公雪緒の過去との決着と、少しずつ感情に変化が出ているかもしれないお狐様とのあれこれ、といった内容になっております。

和風世界観ですので、一度は出したいノスタルジックな宵のお祭り感……と思い、今回の舞台は夜市になりました。じんわり狂っている感が出せていたらいいなと思います。

作中に出てくる道具の微妙なネタバレ（？）をひとつ。

これはとくにわかってもわからなくても展開的には問題ありません。そこはかとなく『雪緒の世界から流れてきた、現代製の品である』という雰囲気が伝わればいいという程度です。

横丁の床見世で黒狐が手にした『あひるもどき』は、お風呂に浮かべる水遊び用の黄色いあひるのことです。

『手のひら程度の小さな模型』は、フィギュア、ねんどろいどのことです。

『桃色の象のような置物』は、某製薬会社さんのマスコットキャラクターです。薬局とかに置かれているあのマスコットのことです。

『真っ黒な円形のつるつるしたもの』は、レコードです。こんな感じで、他、曖昧に表現されている品もおよそ現代のものです。

謝辞を。

担当者様にはいつも大変お世話になっております。原稿が遅れてしまい申し訳ありません。アドバイス等、とても感謝しております、今後ともよろしくお願いいたします！

凪かすみ様、今回も美麗イラストをありがとうございました。カバー美しくて見惚れました！　色合いの妙とキャラクターのかわいさ、格好よさに胸を高鳴らせつつ金魚の雰囲気も素敵でした。

編集部の皆様、デザイナーさん、校正さん、本を並べてくださる各書店さん。本書出版にあたり、支えてくださった方々に厚くお礼申し上げます。家族、知人にも感謝を。

この本を手に取ってくださった読者様方、楽しい読書時間と感じていただけましたら本当に嬉しく思います。

またお会いできますように。今年もモフ獣愛を貫きます。

お狐様(きつねさま)の異類婚姻譚(いるいこんいんたん)
元旦那様(もとだんなさま)に誘拐(ゆうかい)されるところです

2019年３月１日　初版発行
2020年10月５日　第２刷発行

著　者■糸森 環
発行者■野内雅宏
発行所■株式会社一迅社
〒160-0022
東京都新宿区新宿3-1-13
京王新宿追分ビル5F
電話03-5312-7432（編集）
電話03-5312-6150（販売）
発売元：株式会社講談社
（講談社・一迅社）

印刷所・製本■大日本印刷株式会社
ＤＴＰ■株式会社三協美術

装　幀■AFTERGLOW

ISBN978-4-7580-9147-3

●この作品はフィクションです。実際の人物・団体・事件などには関係ありません。

この本を読んでのご意見
ご感想などをお寄せください。

おたよりの宛て先

〒160-0022
東京都新宿区新宿3-1-13
京王新宿追分ビル5F
株式会社一迅社　ノベル編集部
糸森(いともり) 環(たまき) 先生・凪(なぎ) かすみ 先生